LES TOUT-PUISSANTS

L'*indé*FINIE

Mirwais AHMADZAI

LES TOUT-PUISSANTS

SÉGUIER

Conception graphique : Mina Perrichon / Moshi Moshi studio, Paris / Justine Dupré.
Couverture : © Justine Dupré.
Mise en page : Nord Compo.

ISBN : 978-2-84049-857-5

ISSN : 2606-5029

92, avenue de France – 75013 Paris
contact@editions-seguier.fr

Catalogue en ligne : www.editions-seguier.fr

S É G U I E R

éditeur de curiosités

(– 273,15 °C)

C'est une douleur extrême qui nous réveille au milieu de la nuit. On ne comprend pas s'il s'agit d'un rêve ou de la réalité qui nous tourmente. Le mal semble jaillir de tous côtés ; impossible d'en identifier la source ou la destination. Pendant un moment, la douleur disparaît. On ne bouge plus. Le temps passe, et puis le supplice recommence. On allume la lumière et on essaie de lire. On somnole sur les pages. Ensuite on tente autre chose. On *navigue* sur internet, on lit les nouvelles – toutes mauvaises –, on regarde des photos de cul, on touche son sexe en pensant à toutes les femmes que l'on ne possédera jamais. On songe aussi à punir celles qui nous ont fait tant de mal : comment s'y prendre ? En les humiliant dans nos fantasmes ? En pensant naïvement les dominer sur un site pornographique pendant qu'elles *se font mettre* ? Et on jouit, sans grande conviction, comme un connard vomissant sa bile.

Alors, on reste là, hébété. On compte patiemment les secondes de relâchement avant que nos muscles ne se contractent à nouveau. On nettoie calmement le sperme répandu sur le bas-ventre. On insiste au niveau du pubis pour en finir avec cette sensation poisseuse et froide. On pense à ses enfants et à la femme de ménage qui doit bien se douter que les mouchoirs ne servent pas qu'à essuyer des larmes. On finit par se lever, hésitant, en se demandant s'il ne faudrait pas se recoucher. On pisse en regardant son sexe qui semble petit sous cet angle, mais qui, parfois, le matin, paraît plus gros. On observe l'urine transparente qui jaillit sur les parois blanches de la cuvette et on se demande pourquoi, une fois mélangée à l'eau, elle change de couleur, s'assombrit. On se souvient du téléphone portable tombé dans la fosse et de la main plongée dans l'eau dégueulasse ; *c'est foutu*. On se demande aussi quel piètre motif, une fois que l'on s'est lavé, habillé, coiffé, nous incite à dissimuler l'essentiel.

On envie *ceux* qui sont capables d'aimer. On pressent que *ça* va mal se terminer, mais on ne sait pas trop ce que « *ça* » veut dire. On allume une cigarette, la tête tourne un peu à cause de la fumée, et on songe à tous les perdants que l'on confond avec les gagnants. Et on sourit. Bientôt, semblables à d'immenses lames océaniques, dures comme des couteaux de boucher, des pensées intrusives et paralysantes déferlent autour de nous dans un silence effrayant. Elles déchirent le peu de terre émergée qui nous restait. L'écume salée nous recouvre alors et nous emporte à toute vitesse vers le fond des eaux froides.

Après un moment d'hébétude, on envisage enfin d'agir. Revenir au point de départ et ne plus insister. On retourne alors s'allonger dans l'empreinte encore tiède de notre corps, sur ce lit que l'on n'aurait jamais dû abandonner. Dans le calme trompeur de la nuit, nos yeux se referment, *enfin*, sous le poids d'un grand déplaisir.

Cependant, juste avant de sombrer dans un sommeil ténébreux, un étrange sentiment se manifeste. Un sentiment de *toute-puissance*, comparable à une ultime impulsion de la chair avant que la mort ne s'empare de notre être, et pendant un très bref instant, nous délivre de l'humiliation, du dégoût et du désamour des hommes.

OBSCURCISSEMENT

C'était le dernier symbole de la mode. Tous les accessoires l'arboraient d'une manière ou d'une autre depuis une décennie. On le voyait partout, dans les magasins de luxe, les parfumeries, les boutiques pour femmes aisées de l'avenue Montaigne. Les affiches géantes du métro amplifiaient son graphisme rouge et noir. À New York, Londres ou Hong Kong, ce logo se détachait du toit de nombreux buildings, et lorsque au crépuscule la lumière diminuait, il semblait flotter dans les airs. Les quotidiens, les magazines, les panneaux publicitaires, les bords d'autoroute : il s'affichait partout.

Personne ne savait comment il avait refait surface. D'aucuns prétendaient que l'ultra-libéralisme qui avait suivi la crise de 2008 avait favorisé son retour. À l'époque, les stars des réseaux sociaux balbutiants essayaient n'importe quel accessoire nouveau dans le seul but d'accroître leur notoriété.

Curieusement, la première personne à le réintroduire ne fut pas une célébrité. Une simple rédactrice, d'un magazine féminin anglais de « nouvelle tendance », comme on disait, organisa, en Inde, une série de photos de mode. Pendant vingt pages luxueuses, on voyait de jeunes mannequins blonds arborer le Symbole sur de somptueux vêtements. Le scandale fut immédiat, la rédactrice, contrainte de démissionner. Des ligues antiracistes exigèrent la condamnation du magazine. En Angleterre le débat dura des mois. Les défenseurs de la liberté d'expression se rangèrent derrière la revue, avançant qu'il était nécessaire de tourner cette page de l'histoire, que la signification du Symbole devait être dépassée, et qu'en le *recyclant* dans le circuit consumériste, on pourrait le diluer et le rendre inoffensif. Les défenseurs de la *libéralisation* mettaient en avant le fait que le Symbole était de toute façon présent dans la société occidentale et qu'il était illusoire de penser que le « travail de mémoire » servait encore à quelque chose. La télévision portait une grande part de responsabilité, disait-on, dans la diffusion incessante d'œuvres incluant le Symbole, lequel avait en outre une vertu plastique et simpliste très efficace.

En banalisant le Symbole comme un simple objet de consommation, il était certainement possible d'en réduire la charge émotionnelle. Du moins était-ce la théorie des partisans de la *libéralisation*. Pourquoi ne connaîtrait-il pas le destin du blouson de cuir noir, emblème de la violence des années 1950 du siècle dernier ? Après avoir été introduit dans le circuit du luxe dans les années 1980, il n'était plus qu'un accessoire parmi tant d'autres. Les voyous dépossédés de leur armure étaient devenus transparents. Ils avaient renoncé à leur symbole, ça avait été leur fin, leur mort sociale.

Il allait vite se révéler impossible de fédérer des hommes prêts à donner leur vie pour un logo aussi banal que celui de

Coca-Cola, et les mouvements racistes seraient privés d'un emblème auquel ils se référaient pernicieusement. Quel parti extrémiste crédible pourrait rassembler des militants violents et haineux autour d'un étendard imprimé sur des sacs de luxe ? Le temps était venu de se débarrasser intelligemment du symbole raciste.

En outre, la panique et l'hystérie consécutives aux épisodes à répétition de Covid-19 révélèrent une fois de plus la fragilité des institutions démocratiques et plongèrent bien des pays dans le chaos. Beaucoup, les croyants en particulier, voyaient le coronavirus comme une punition divine. Le chamanisme politique vint à bout de la morale et de la raison.

Les premiers à modifier leurs lois furent les Américains. Comme souvent dans l'histoire des États-Unis, dès qu'une perspective d'accroissement des profits se dessinait, le passage à l'action était immédiat. Les conglomérats de l'industrie américaine décidèrent donc de liquider le passé. De nombreux lobbies pro-Symbole financèrent des centaines d'études et de sondages qui amenèrent le Congrès à en réévaluer la charge symbolique, puis à autoriser son usage dans un cadre strictement commercial.

Cette nouvelle loi, votée le 30 janvier sous l'impulsion du *Président Milliardaire Blond*, fut cependant assortie de restrictions et d'interdictions politiques, notamment en ce qui concernait la jeunesse. Mais, comme chacun sait, il suffisait de se remémorer les restrictions qui avaient accompagné la diffusion d'œuvres pornographiques au début des années 1970 pour comprendre que les lois régissant le Symbole seraient bientôt contournées et absorbées par celui-ci. Comme un ogre dévore ses petits.

La totalité des études marketing le prouvaient : l'incorporation du Symbole dans le « visuel » d'un produit destiné à la consommation suscitait un *effet magique*. Dès la troisième semaine de diffusion, les ventes augmentaient sensiblement. Une multiplication de facteur cinq. Au début, seules les marques de vêtements de luxe utilisèrent le symbole rouge et noir et le commercialisèrent dans des séries limitées destinées à une clientèle qui achetait à prix d'or des articles rares. Cela n'alla pas sans mal. Les réactions les plus violentes vinrent de l'État d'Israël qui interdit l'importation de ces marques.

La communauté juive à travers le monde se mobilisa et entreprit des actions auprès du Congrès américain. Mais, isolé sur la scène internationale, Israël ne put que se soumettre à la volonté des milieux d'affaires américains, d'autant que l'émergence des industries indienne et chinoise menaçait sérieusement l'hégémonie économique des États-Unis. Les Indiens, pour qui le Symbole demeurait avant tout un signe religieux, ne voyaient pas d'un mauvais œil la promotion d'un de leurs principaux emblèmes, et n'hésitèrent pas à en soutenir la diffusion planétaire. L'assassinat au cœur de New York par d'anciens membres de la LDJ (Ligue de défense juive) américaine du fils du *Milliardaire du Luxe*, propriétaire de FKMVHO, qui comme tous les conglomérats du textile avait autorisé le symbole dans l'ensemble de ses points de vente, n'arrangea pas les relations avec la communauté juive.

Les Arabes, eux, ne cachaient plus leur satisfaction de voir ainsi resurgir le Symbole. À leurs yeux, il représentait la destruction de leurs ennemis théologiques. Les Saoudiens et les pays du Golfe furent les premiers à diffuser massivement à travers leurs réseaux de *malls* et de *shopping centers* de luxe les tee-shirts, sweats, chaussures de sport et accessoires incorporant le Symbole. Le football professionnel mondial, dont certaines grandes équipes appartenaient en partie à des fonds qataris et à d'autres émirats, obligea les joueurs à porter le Symbole sur leurs maillots.

Peu à peu, les résistances furent emportées par le flot des intérêts en jeu. Puisque les autres s'y résolvaient, pourquoi pénaliser son entreprise en refusant d'utiliser le Symbole comme n'importe quel logo ? Après le ralentissement d'une partie de l'économie mondiale dû à la pandémie de Covid-19 et à l'invasion de l'Ukraine, la ferveur des industriels confina rapidement au sacré. Le Symbole possédait effectivement des vertus magiques. Le redémarrage foudroyant des ventes balaya les dernières réticences.

Pendant la première année de diffusion, beaucoup crurent à une mode passagère. Le temps passa. Le phénomène ne faiblissait pas ; bien au contraire, le Symbole, qui appartenait désormais à tous, gagnait du terrain. Certaines marques de luxe n'utilisèrent plus que le Symbole comme logo principal, reléguant les leurs au second plan sur les étiquettes.

L'Église catholique tenta de réagir en encourageant la diffusion de la Croix. La *Business Cross*. Mais l'effet escompté n'incita pas les conglomérats à poursuivre l'aventure. Toutes les religions suivirent le processus en tentant la commercialisation de leurs emblèmes. En vain. Seule l'association avec le Symbole augmentait les ventes.

Au bout de quelques années l'affaire était réglée pensait-on, car plus personne ne se plaignait à part Israël et la diaspora juive. Israël devint le centre de toutes les critiques. La communauté internationale lui reprochait de rester campé sur des positions politiques archaïques. On lui demanda de régler le « problème palestinien », qui, soudain, *ne pouvait plus attendre*. Le gouvernement américain, sous la pression de l'Inde et de la Chine, menaça d'interrompre son aide financière et technologique à Israël si celui-ci ne favorisait pas la création d'un État palestinien stable. Ces menaces qui, par le passé, n'avaient jamais été suivies d'effet eurent un retentissement catastrophique sur la société israélienne. L'establishment militaire qui avait jusque-là dirigé le pays semblait dépassé. Ce n'était pas à une guerre ou à des opérations de police qu'était confronté Israël. Il n'y avait ni conflit armé ni population à contrôler cette fois. Les commerçants juifs qui ne voulurent pas embarquer dans le train du Symbole commercial périclitèrent peu à peu.

Presque *tout le monde* était d'accord. Le Symbole apportait un calme et une paix que l'humanité n'avait jamais connus auparavant. Chacun se préoccupait de ses affaires et non plus de la guerre. Même les talibans qui avaient reconquis l'Afghanistan rejoignirent l'élan commercial planétaire en exportant leur safran et leurs drogues médicinales à base de cannabis délicatement « packagés » dans des contenants décorés par de beaux Swastikas.

Le Symbole fut aussi l'outil déterminant du maintien au pouvoir des mouvements populistes. Les profits magiques générés par son utilisation commerciale illustraient selon eux la supériorité de la pensée « de droite ». La conquête du pouvoir par les démagogues fut facilitée par le climat délétère qui suivit l'invasion de l'Ukraine : elle prit à la fois l'allure d'un tour de passe-passe et d'une prophétie autoréalisatrice.

Les peuples voulaient de *l'ordre*. La menace migratoire et les émeutes raciales accentuées par l'irruption des « people de l'extrême gauche » dans le champ politique menèrent la société au bord de l'abîme. Elle n'évita la chute que par miracle. Personne ne se rendit compte qu'en tant que nouvelle idéologie, le populisme version 2.0 n'avait pas plus de compétences que ses précédentes itérations, malgré les habituelles promesses d'embellie économique.

Tous ces politiciens furent élus *au bon moment*. L'ensemble de la culture progressiste mondiale connut à cette époque une chute vertigineuse dont elle ne se relèverait jamais, Amérique comprise.

Pour les forces progressistes, il n'y avait plus de combats à mener : depuis plusieurs années, grâce au Symbole, presque toute la planète avait entamé une autorégulation financière et économique qui, en apparence, présentait les signes d'une redistribution plus juste des ressources. Ce qui entraîna l'obsolescence de nombreux mouvements contestataires.

Politiquement déstabilisés après le premier mandat du *Président Milliardaire Blond*, les États-Unis refusèrent de se lancer dans de « nouvelles guerres d'approvisionnement », c'est-à-dire d'aller chercher au Moyen-Orient, en Afrique et en Amérique du Sud ce qu'ils considéraient être « leur » pétrole et « leurs » ressources minières. Ils n'avaient aucune envie non plus d'imposer la démocratie au Moyen-Orient, comme le désastreux épisode afghan le démontra. La chute de Kaboul signifia la fin du *droit d'ingérence humanitaire et politique*.

L'invasion de l'Ukraine par le *Président Milliardaire Russe* et les images de décombres calcinés filmées par des drones survolant Marioupol ou Kiev confirmèrent l'impasse des conflits armés. Même un pays dirigé par un autocrate ne pouvait plus imposer une guerre de longue durée à sa population.

L'agression ukrainienne fit paradoxalement tanguer le bateau de la démocratie. À cette occasion, les « pays de l'Ouest » se réveillèrent brutalement. Il n'existait sans doute pas plus d'une quinzaine de nations véritablement démocratiques. C'était bien peu pour imposer ses idées au reste du monde.

Le *Président Milliardaire Blond* suscita un chaos politique sans précédent dans son pays, les États-Unis, pendant ses quatre premières années d'exercice du pouvoir. Ce fut lui qui autorisa le Symbole au tout début de son second mandat. Mais il n'eut pas le temps d'en voir la bénéfique expansion : un de ses gardes du corps d'origine mexicaine, Igniatio Lolloya, l'assassina au cours d'une partie de golf dans sa résidence de Floride quelques mois après sa réélection au poste de Président des États-Unis d'Amérique. Le crâne du *Président Milliardaire Blond* explosa sous l'impact d'une première balle dans sa tempe droite. Lolloya eut le temps, avant d'être abattu à son tour, de tirer deux balles supplémentaires, une dans chaque œil. Comme il est d'usage avec les zombies.

Des photos du visage défiguré du Président mort circulèrent rapidement sur internet, provoquant des scènes de joie dans bien des endroits du monde. En particulier au Mexique.

Avec son sens de l'innovation marketing, la nation américaine rebondit une nouvelle fois en élisant un second président noir : le *Milliardaire Hip-Hop* commença sa campagne électorale après avoir obtenu le soutien des démocrates élevés au son du rap et du R&B AutOtuné. Ses investissements divers et son statut de *self-made-man issu des minorités* augmentèrent massivement sa popularité et le portèrent à la Maison Blanche. Beaucoup de voix s'élevèrent pour affirmer qu'il n'était rien d'autre qu'un riche *native informant* qui avait tourné le dos à ses responsabilités sociales envers la communauté afro-américaine qui vivait toujours dans la discrimination et la misère des ghettos. L'ex-dealer de crack fit la promesse de remettre en cause le statut du Symbole. Certains l'accusèrent de collusion avec la communauté juive américaine en regard de ses liens historiques avec les producteurs de rap qui l'avaient aidé à percer au début de sa carrière.

Était-ce de la lucidité, un calcul politique ou tout simplement un argument électoral supplémentaire pour étouffer les critiques à son encontre ? Personne ne le saura. Accédant au pouvoir le 8 novembre 202*, le *Milliardaire Hip-Hop* n'eut pas le temps de tenir sa promesse. Il fut lui aussi – c'était une constante qu'il fallait dorénavant intégrer dans les perspectives politiques en Amérique – assassiné, par John Dessyoung, un suprémaciste blanc, cousin lointain de David Duke, l'ex-Grand Sorcier du Ku Klux Klan.

Il mourut lors d'un concert de charité pour l'Afrique qui se déroulait à New York.

Pendant qu'il le criblait de balles explosives dum-dum, avant d'être neutralisé par le Secret Service, le tueur hurlait

« 98 Problems » ; une référence à « 99 Problems », une célèbre chanson de rap.

À ses funérailles, la *Milliardaire R-CEO* interpréta « The Star-Spangled Banner » devant l'ensemble des représentants de la SilicOn Valley, tous habillés de vêtements d'un noir menaçant.

Trois mois plus tard, le *Milliardaire Peter Think* fut élu quarante-huitième Président des États-Unis. Le fondateur de PaypOl et d'EbayO, qui théorisait quelques années auparavant le remplacement des gouvernements par les Gafa, accédait au poste suprême. À la manière d'un Saint-Simon numérique pour qui Dieu avait été remplacé par la gravitation universelle, il marqua par son accession au pouvoir la mutation définitive de l'ancien au nouveau monde. Considérant son expertise comme supérieure à celle des gouvernements traditionnels, adepte d'une nouvelle « théorie des réseaux » et du *libertarisme*, Peter Think paracheva l'œuvre des Gafa, promulgua des lois sur le contenu artistique et la notion de propriété intellectuelle qui appartenait selon lui à tout le monde, et ce faisant, renforça l'immense pouvoir des conglomérats numériques. Artisan d'une fusion autoritaire des principales entités de la SilicOn Valley, il força Google, Facebook, Apple et Amazon à se regrouper sous le nom de « IG-FAA » (Internet, Google, Facebook, Amazon, Apple). Ainsi, les habitants de l'Amérique passèrent de la relation de *sujet* à *objet* à celle, plus originale, d'*objet* à *objet*.

L'enterrement du *Milliardaire Hip-Hop* fut sponsorisé par l'ensemble des grandes marques de luxe. Sur chacun des vêtements, chaussures, lunettes, accessoires, bijoux, véhicules, montres ou téléphones que les gens portaient pendant la cérémonie d'adieu se détachait un inquiétant Symbole rouge et noir.

Des entrailles de ces objets adventices, d'élégants Swastikas semblaient lentement émerger du néant.

ÉVANOUISSEMENT

Le son du Kick Drum 808 grondait au loin. Les fréquences graves pouvaient descendre jusqu'à vingt ou trente hertz, suivant le système audio installé dans le véhicule. Les paroles des chansons, pratiquement toutes AutOtunées, s'échappaient des fenêtres ouvertes des voitures stationnées devant les boutiques de mode. C'était la période des soldes : une ambiance joyeuse et agressive se propageait dans le centre de Paris. Des voix graves éructaient des messages de haine sexistes. Paradoxalement les adolescentes reprenaient ces paroles en chœur.

Les basses vrombissaient, *wooooof, wooooof*. Les voix éructaient : « Je baise ta mère, suce ma bite, j'te fume avec ma kalach ! » Le hourvari ordurier déferlait allègrement dans les rues et les magasins surchargés de marchandises luxueuses parées de Swastikas commerciaux.

La ligne des immeubles s'écartait lentement à mesure que Lazare2325 avançait dans la rue de Rennes en direction du boulevard Saint-Germain. Un iPhOne 24SX à croix gammée dans la poche gauche de sa veste, un casque sur les oreilles, il ne percevait rien du monde extérieur. Les chansons défilaient au hasard. « Street Fighting Man », « Bob Dylan's 115th Dream », des vieux trucs de gens qui écoutaient principalement des vinyles et fumaient encore des cigarettes.

Lazare prenait garde à ne pas croiser le regard des femmes en raison des lois sur le harcèlement sexuel. Il n'avait jamais harcelé personne, homme ou femme, mais il convenait d'être prudent : la réaction des femmes pouvait être imprévisible et déclencher des suites pénales. De nombreux avocats spécialisés se chargeaient ensuite de vous faire *payer*. Certaines femmes portaient même des lunettes anti-*eye contact*, un système de reconnaissance faciale connecté à un site de la police qui au bout de plusieurs regards trop appuyés envoyait un message d'avertissement à l'importun en lui demandant de cesser immédiatement ses œillades. De toute façon, la Covid-19 était passée par là et la *distanciation sociale* préconisée au moment du confinement avait emporté les dernières velléités de drague.

Une camisole sociale punitive s'était habilement déployée dans la plupart des sociétés occidentales. La France n'avait pas encore adopté le « crédit social » chinois à mille points, mais le sujet revenait régulièrement dans le débat politique.

Le trajet emprunté par Lazare ne devait rien au hasard : c'était un « chemin rive gauche ». Ceux qui habitaient le 18e arrondissement empruntaient le « chemin bobo », et les résidents du 13e arrondissement le « chemin chinois ». Les applications pour smartphone s'amusaient à décrire ces petites promenades urbaines pour inviter les gens, les jeunes surtout, à découvrir les différentes ambiances de Paris. Des concours récompensaient des photos d'« habitants typiques du quartier ».

La circulation était fluide et la plupart des voitures, équipées d'écrans Oled sur leurs carrosseries ornées de Swastikas de toutes tailles, diffusaient des messages publicitaires. L'effet était saisissant lorsque tous les écrans changeaient d'image au même moment. Une seule publicité à la fois était permise. Cette synchronisation était imposée par les autorités de régulation de la publicité, tout comme le nombre de régies approuvées par l'État. Il en existait trois, qui se livraient une impitoyable guerre commerciale.

FKMVHO était devenu le leader mondial du luxe et de l'internet grâce au mariage du *Milliardaire de la Téléphonie* avec la fille du *Milliardaire du Luxe*. La fusion de leurs deux sociétés respectives, quelques années auparavant, avait créé un des tout premiers groupes mondiaux internet-luxe. Lorsque les régies publicitaires « mobiles » – c'est ainsi qu'on les dénommait – avaient été autorisées, FKMVHO avait tout fait pour obtenir une des trois licences.

Mais il y avait des règles de santé publique. On ne pouvait pas, par exemple, envoyer des dizaines de publicités simultanément dans la rue. Trop perturbant. Le soir, la luminosité des écrans baissait pour ne pas aveugler les passants. Et les « publicités automobiles » ne devaient pas comporter de scènes violentes ou de montages trop saccadés. Lazare s'arrêtait parfois pour regarder ces images, le plus souvent de belles femmes retouchées numériquement.

Cette technologie, mise au point pour équiper ses fusées et ses voitures électriques par l'homme d'affaires américain que l'on surnommait « *le Milliardaire Enfant* », fut grandement améliorée par la suite, et il n'était pas rare de voir se former dans les embouteillages ou aux feux tricolores un ensemble d'images synchronisées constituant un écran géant à partir des capots des voitures. Impossible d'échapper aux signaux publicitaires.

Ce jour-là, Lazare ne regardait rien d'autre que le chemin à parcourir. Les ordonnances sur la circulation avaient produit leur effet. On ne pouvait plus circuler dans Paris seul dans son véhicule : un boîtier interne signalait la présence d'autres personnes dans l'habitacle. Toutes les voitures accueillaient donc trois passagers au minimum, sauf autorisation spéciale. Cette mesure et les innombrables pistes cyclables aménagées avaient grandement amélioré la fluidité du trafic ainsi que la qualité de l'air. Cependant, à cause de la réduction de la largeur de chaussée dédiée aux voitures, beaucoup d'automobilistes arrivant des banlieues lointaines se retrouvaient coincés dans des embouteillages monstres, et on les voyait insulter les rares cyclistes empruntant les pistes à deux voies souvent désertes : « Vas-y, monte bien ta côte espèce de gros lard bobo, et va rejoindre ta maman à l'Hôtel de Ville ! »

Quelques « Camions noirs » (on les nommait ainsi) allaient et venaient dans la grande artère commerçante du 6e arrondissement. Présents depuis quelques années dans les rues de Paris, ils restaient un mystère. Comme ils appartenaient à l'État, leur carrosserie était vierge d'écran publicitaire. Les parois de métal couvertes d'une peinture noir mat absorbaient les reflets du jour. Une sensation d'inquiétude émanait de ces engins entièrement électriques ; mais au fil du temps les Parisiens s'y étaient habitués.

De récentes lois antiterroristes avaient renforcé les pouvoirs de l'appareil policier. Après l'attentat du 23 octobre 202* qui avait causé la mort de plus de mille deux cents personnes dans l'effondrement du magasin 2 des Galeries Lafayette, un ensemble de lois d'exception avait émergé, grâce auquel l'État avait pu agir comme il le souhaitait sans rendre de comptes à l'Assemblée.

Une rumeur prétendait que les Camions noirs étaient affectés à la surveillance de la délinquance. Peut-être était-ce une autre approche de la *surveillance généralisée* dénoncée par beaucoup d'opposants. L'État obligeait depuis quelques années les grandes sociétés de collecte de données informatiques à renvoyer en temps réel l'ensemble des prises de vues provenant des smartphones.

L'habitat individuel restait dorénavant l'unique endroit dépourvu de surveillance – en principe. Dès l'instant où une personne mettait le pied hors de chez elle, une petite lumière verte, située à gauche de la caméra de son téléphone, s'activait. Ce signal vous prévenait que vous entriez dans le champ public et, par conséquent, que vous deveniez un objet de *surveillance*. Selfies compris.

À ce dispositif s'ajoutait l'obligation des sociétés exploitant les taxis et VTC, avec ou sans chauffeur, de faire parvenir au ministère de l'Intérieur les prises de vues de leur dispositif de contrôle visuel. Des caméras 24k balayaient en permanence les rues à trois cent soixante degrés, à partir de superstructures vidéo installées sur le toit des véhicules. Les trottinettes électriques elles aussi participaient allégrement au maillage sécuritaire. La surveillance panoptique étudiée par Foucault était un concept obsolète, puisqu'un État moderne connaissait désormais l'ensemble des déplacements de ses habitants.

La démographie entraînait fatalement l'accroissement des systèmes policiers. Plus de naissances, plus de policiers. C'était mécanique.

Les voitures semi-autonomes individuelles devenues réalité, la vision de Peter Think – celle d'un monde apaisé grâce à la combinaison de la technologie, d'internet et des réseaux sociaux – put prendre forme. Il devint impossible de s'insérer sans l'aide d'un smartphone. La plupart des gouvernements en profitèrent pour contraindre les citoyens de leur pays à adopter un chiffre après leur prénom sur leur carte d'identité, en référence directe aux adresses Gmail générées automatiquement par Google. C'est ainsi que, sur sa carte d'identité nationale, Lazare devint « Lazare2325 ».

C'était *plus facile qu'un nom complet*. Personne n'y trouva à redire. En Asie et en Amérique du Nord, les informations relatives aux comptes bancaires, à la santé, aux loisirs, à la sécurité et à presque tout ce qui caractérisait la vie sociale d'un être humain se logeaient de toute façon dans une carte à puce synchronisée avec le « Cloud » par mesure de sécurité.

En échange de cette simplification imposée, l'anonymat et les données personnelles s'étaient réduits à leur plus simple expression. Conséquence inattendue : les personnes isolées comme les handicapés ou les obèses qui ne sortaient jamais de chez eux étaient devenues des courroies de transmission du crime organisé. Moins surveillées, elles agissaient comme points de relais. Des « nourrices » d'un nouveau genre.

*

La rue de Rennes était large et dégagée. Lazare l'envisageait comme une rampe de lancement vers le ciel. Cette idée l'aidait à calmer son anxiété. Il imaginait son élévation vers l'azur, comme celle des avions de ligne montant au-dessus de l'horizon. Mélancolique spectacle que celui de ces engins volants translucides qui traversaient le vide bleu.

La première vision eut lieu alors qu'il s'arrêtait devant la vitrine du chemisier Courtaud, peu après le boulevard Raspail. Alors qu'il observait les chemises sur mesure désuètes, taillées dans un velours carmin côtelé, des mots et des phrases incompréhensibles lui vinrent irrésistiblement.

CHANT N° 1

Il apercevait des jeunes hommes, dans la rue, avec des bouquets à la main. Il levait les yeux et voyait tout ce qui lui manquait et l'obsédait. Il voyait l'amour passé et futur, la sombre beauté des destins marginaux, les étoiles incandescentes du quotidien briller de mille feux sur cet univers solitaire. Les filles, les femmes, le lien avec Dieu. Il voyait aussi des héros habillés de haillons mendier des cigarettes et de l'argent. Presque tous les jours, il passait devant eux, invisible, son rêve était devenu réalité, les traits de leurs visages devenus pourpres, violacés et gonflés. Ils regardaient les trottoirs gris et sales et les papiers gras. « Vers les mers du Sud ! Allez ! Allez ! *» semblaient dire les réclames. Il voyait à présent aussi des enfants qui regardaient leur mère ou leur père, il avait des visions fugitives de ce qu'il adviendrait plus tard ; il n'avait plus peur. Il devinait les tragédies à venir, il devinait les erreurs de guidage, les missiles qui manquaient leur cible, la technologie du cinéma, la nourriture biologique et les substances ajoutées secrètement, il devinait tous les codes, présents et futurs, de toutes les portes de toutes les villes, il était la limite et l'infini, les ailes et le vent, la musique et l'instrument, il sentait tout cela et bien d'autres choses. Des centres de soins esthétiques de remaniement corporel, de* body attitude, *des techniques transcendantales d'UV spéciaux à base de cérémonies de thé* *vert et d'arrangement floral, discipline martiale et marrante. Il voyait à l'arrière des salles de réunion des chemises rayées qui n'existeraient jamais. Il voyait encore les hôtels sur le bord des voies express brûlantes, Formule 1, Ibis, Novotel, les panneaux d'intersection, d'interdiction, d'obligation, de permission, numéros, chiffres, dessins, photos, bleus, verts, rouges, le drapeau national éclaté en millions de confettis s'envolant vers les nuages, les voitures allemandes BMW/moustache d'Adolf Hitler, les voitures françaises, 106, 206, 306, 307, 406, 607, TB 303, TR 808, JD 990, M1, D50, Z1, Z2, Z4, coupé V8, V12, les japonaises, les italiennes, les camions, les voiturettes électriques, les E-tron, les Zoé, les bornes Engie, les bordures, les ponts, les feux, les poubelles, les câbles qui vivent au-dessous de nous, l'électricité, les égouts, le dégoût, les journaux payants, les journaux gratuits, l'art, la religion, le fitspo, les outils informatiques, les dessous féminins,* La Joconde, *la place du Tertre, les lunettes de soleil Randolph, les chouchous dans les cheveux des petites filles, les livres d'art, la pornographie, l'extimité, le polyamour, les émotions, l'attirance du néant, le repli identitaire, les massacres organisés, la désobéissance civile, le refus, les chaussettes de marque, Nike, Adidas, la soupe Campbell, les emprunts bancaires, les suicidés de la tour Eiffel, il se tenait au milieu et au bord tout à la fois.*

Il voyait tout, mais eux ne le voyaient pas. Tant pis ! Était-ce si important ? Les lampes, les livres, les disques, CD, vinyles, chaînes hi-fi, caméras, téléviseurs, systèmes HC Surround DTS Dolby 7.1 Certification THX ou Atmos. Les lits, parquets, matelas, couettes, dessus-de-lit, sommiers, lattes, rideaux, moquettes, joncs de mer, coussins, chevets, tableaux, dessins. Il voyait des cheveux, blonds, bruns, noirs, roux, rouges, bleus, verts, des yeux, des filles froides, chaudes, tièdes et réchauffées, assises sur de vieux coussins de couleur vert clair, des barrettes à cheveux, des pantalons taille basse, des pantalons à pinces, des blazers, des bottes, des colliers, des bijoux de pacotille, des montres Patek Philippe, Rolex, Breguet, Swatch (très peu d'horlogers fabriquent eux-mêmes leurs mouvements), des journaux, des magazines pour enfants, des magazines de cul, des journaux pour sportifs. Il voyait les racines, la terre, la lampe et le filament, les éléments cachés des meubles, l'inconscient et les viols collectifs, les poupées qui disaient non, la mer et la montagne, les vestiaires vides et les chambres à coucher des vieilles personnes. Il valait mieux être « un gringalet naturel qu'un faux musclé dopé aux OGM », argumentaient les écologistes : « C'est meilleur pour la planète. »

Il n'en pouvait plus. Il était un tueur qui refusait de s'endormir sous la lune raide et sale. Le monde devenait un enjeu improbable et suintant. Devant la grande place de la mairie du 15e arrondissement, un orchestre prétendait jouer un folklore de l'Est, les ondes sonores se heurtaient aux murs des façades et mouraient peu à peu dans la nuit. Quelques filles habillées de pantalons taille basse et de tops moulants dansaient joyeusement sur les trottoirs comme pour une fête de fin d'études. Flashback de six siècles en arrière : il faillit s'évanouir dans une rame de métro remplie de liquide triste et d'images pieuses.

Devant l'église Saint-Germain-des-Prés, Lazare hésita à s'asseoir à une terrasse de café ; il se ravisa et continua son chemin par la rue Bonaparte, la « rue des antiquaires » disait-on, qui menait vers les quais de la Seine. Cette artère étroite ne permettait pas le passage de plusieurs personnes de front sur le trottoir. Lorsqu'il s'arrêtait devant une vitrine, les passants le frôlaient, parfois le bousculaient. Pourquoi *jamais* personne ne s'excusait dans les rues de Paris ? Même les vieux vous heurtaient sans dévier de leur trajectoire en vous lançant des regards réprobateurs. L'épidémie de Covid-19 avait grandement aidé à améliorer ce problème. Pendant quelques mois encore après l'extinction du virus, personne n'osait frôler un inconnu dans les rues. Mais cela n'avait pas duré : les mauvaises manières réapparurent.

Dans la vitrine d'un antiquaire, son regard s'attarda sur une chaise de bois patinée. Elle était toute simple et son prix très élevé. Il gagnait correctement sa vie mais n'aurait jamais pu s'offrir ce meuble.

Il ne put s'empêcher de penser que seuls les « gros cons » dépensaient tant d'argent pour un tel objet. Ceux qui « bousculaient les autres » devaient certainement faire partie de cette catégorie.

Il emprunta le pont Alexandre-III et longea le quai en direction de la place du Châtelet tout en s'arrêtant de temps à autre devant la boîte d'un bouquiniste. Il aperçut un vieux magazine érotique français *New Look*, avec Tabatha Cash en couverture. Une actrice de films pornographiques de la fin du XXe siècle. Il se dit qu'il l'achèterait la prochaine fois.

CHANT N° 2

Les tortionnaires fonctionnaient selon un modèle économique bien éprouvé au cours des siècles derniers. La musique étant instrumentalisée, les cycles de reproduction furent intégrés par les bureaux de tendances et de métamarketing, anticipés comme des rendez-vous sur une page de l'agenda d'une secrétaire de direction. Les clichés s'accumulaient, l'Airplay dominait. Séminaires et writing camps *pour chanteurs désengagés et lucides. Les cathédrales n'étaient que des franchises de DIEU Inc. Lazare s'était toujours demandé pourquoi l'intérieur des églises était si sombre. Était-ce pour que le peuple puisse mieux voir les vitraux et les réclames de Jésus et de ses apôtres ? Une riche idée d'avoir envoyé Jésus sur terre. Faute de quoi une grande partie des croyants exigeraient le remboursement immédiat de la foi. Il ne demandait aucune compensation magique, trouvant simplement ce qui l'entourait si laid qu'il lui vint une idée désobligeante. Dans le stade sadique-anal de France se jouait le match France-Égypte. Victoire par 5-0 pour la France de Verdun 1916. « Mon amant de Saint-Jean » fut l'emblème de l'année 200*. Pourquoi nous laisses-tu si démunis, Seigneur ? Et pour quelle raison nous fais-tu tant souffrir au fil des jours – détestables et obscurs ? Il lui vint un nouveau concept : il dirait la vérité. Il était faible. La hiérarchie était le modèle dominant que l'on retrouvait dans toutes les cultures. Ce modèle se caractérisait par* *la démonstration rituelle de sa puissance légitime et surtout par l'observation stricte des traditions. Mais les anges ne s'avouaient pas vaincus.*

La rue appartenait désormais aux chaînes de fast-food et aux fabricants de chiottes et de téléphones. Toujours l'alliance de la foule et du capital.

La télévision secrète/radio zob envoie du foutre gelé sur les ondes... ENCULÉS ENCULÉS ENCULÉS ! Belphégor et télévision scolaire. Si vous bougez, je vous tue. Il y a toujours un moment où il faut payer l'addition. Mais où est donc ce pays ? « Quel pays ? », demanda-t-elle. « It's a little surprise, my friend. *»*

Lazare s'arrêta dans une brasserie qu'il connaissait bien, place du Châtelet. Les souvenirs remontaient sans effort. Il avait vécu là pendant quelques années. Le théâtre du Châtelet, le Sarah-Bernhardt et tous les cafés de la place arboraient le Swastika rouge et noir. La vitesse à laquelle l'emblème s'était emparé de la société dans son ensemble, et pas uniquement du secteur vestimentaire, le sidérait. Les seuls endroits vierges de Swastikas restaient une petite partie du mobilier urbain et les lieux de culte. Dans une église, il n'y avait rien à vendre. Des businessmen s'étaient tatoué le Symbole sur le front ou sur la joue, pensant décupler ainsi leurs ventes. Des rumeurs prétendaient que le *Président Milliardaire Blond*, peu avant son assassinat, l'avait fait tatouer sur son pénis. Dans les rues encombrées de Wall Street au moment du déjeuner il n'était pas rare de voir de jeunes financiers en uniforme avec le Symbole gravé sur leur visage ou plus discrètement imprimé sur leur cou juste au-dessus du col, comme les tatouages des rappeurs. Le *Taureau de Wall Street* avait lui aussi subi semblable traitement. Et devant toutes les Bourses du monde les Swastikas étaient présents. C'était bon pour le business.

En quittant le ZimmerO, Lazare hésitait encore et finit par se diriger vers les quais tout proches. C'était un après-midi ensoleillé. Il longea le quai de l'Hôtel-de-Ville en direction de l'île Saint-Louis. Les panneaux publicitaires vantaient la beauté, la force, la douceur, la propreté, les nouvelles technologies, l'ordre. Il s'arrêta un instant devant un panneau, observant le visage du modèle féminin en train d'embrasser un flacon de parfum *ChaOnel n° 6* au flacon barré d'un Swastika ; puis il reprit sa marche. Il lui semblait connaître la jeune femme. N'était-ce pas le but d'une publicité que de procurer ce sentiment de proximité ? Il renonça à utiliser son application de reconnaissance faciale pour identifier la fille. Mais les annonceurs l'avaient certainement déjà retrouvé, lui Lazare2325, à l'aide des petites caméras sphériques logées dans le cadre métallique au-dessus des affiches.

Il ne doutait aucunement qu'un message publicitaire pour *ChaOnel n° 6* se trouvait déjà dans sa boîte aux lettres électronique. La femme de l'affiche lui aurait adressé une vidéo personnalisée (comme les harceleurs leurs regards trop insistants, mais il n'existait pas encore de loi pour menacer une publicité de représailles juridiques). Les stars devaient dorénavant autoriser la modélisation de leurs voix, ainsi que la reproduction sous forme tridimensionnelle de leur visage. Elle lui suggérerait d'offrir le parfum à sa fiancée ou à sa femme dont elle citerait aussi le prénom : derrière le visage artificiellement animé du jeune mannequin, un algorithme intelligent avait déjà établi l'arborescence de son réseau d'amis grâce à l'examen des différents réseaux sociaux qu'il utilisait.

Ces réseaux, en particulier InstagramO, avaient réduit au minimum les relations humaines réelles. Pour beaucoup, l'image valait mieux que la réalité. Depuis que le Sénat avait adopté la loi informatique du 15 septembre 202* sur la libéralisation des instruments de reconnaissance faciale, l'anonymat était devenu chose rare. La *surveillance* s'était mise peu à peu en place. Il suffisait de fixer un visage avec le capteur photographique de son téléphone pour que quelques secondes après, celui-ci apparaisse sur FacebOOk, ainsi que son nom et des informations personnelles. En réaction, il n'était pas rare de croiser des gens qui s'étaient peint des formes géométriques sur le visage, technique censée les rendre non identifiables par les caméras. Ils protestaient ainsi ouvertement contre les outils de reconnaissance faciale. L'invention d'armes telles que des mitrailleuses équipées de systèmes d'identification faciale pouvant cibler et éliminer n'importe quel opposant dans une foule nombreuse était une hantise pour beaucoup de gens. L'armée et la police certifiaient que de telles armes ne pouvaient être utilisées que dans des contextes très précis, comme des enlèvements ou des attaques terroristes, mais la confiance avait été perdue lorsqu'une manifestation pour réclamer la démission du

Président Milliardaire Russe s'était transformée en « carnage politique ciblé ». C'était ainsi que les journalistes du monde entier avaient qualifié la tragédie.

Le 1er mai 202* à Moscou, soixante-treize hommes et femmes furent assassinés par un système de conduite de tirs robotisé disposant d'outils de reconnaissance faciale, au milieu de l'immense foule qui défilait pacifiquement sur la place Rouge ce jour-là. Les victimes étaient toutes des contestataires.

Le *Président Milliardaire Russe* ne nia pas qu'il y ait eu un ciblage d'opposants : ceux-ci étaient individuellement suivis par les caméras. Mais il certifia que le système de liaison entre les postes de tir et les caméras avait subi une défaillance technique qui avait déclenché le feu des armes automatisées sans en référer à un officier supérieur. Ce dernier seul pouvait l'autoriser.

Dans un autre registre, le réseau social FacebOOk avait, dès 202*, obligé ses utilisateurs à préciser leurs préférences et leurs goûts, sous peine d'être exclus de la communauté. Le but de l'opération consistait à cibler plus correctement les besoins des consommateurs et, chose curieuse, à réduire leur facture d'électricité. Les milliards de spams commerciaux quotidiens consommaient tellement de ressources énergétiques que le *Milliardaire Bleu* propriétaire de FacebOOk avait forcé (sans doute sur une suggestion du *Président Milliardaire Think*) les quatre milliards d'utilisateurs de sa plateforme à remplir les champs de préférences qui restaient souvent vides. La contrainte diminuant en effet la consommation mondiale d'électricité, cette disposition avait, en contrepartie, accéléré l'*uniformisation* des biens de consommation des classes pauvres, un projet en marche depuis les années 2000.

Un immense plan commercial se profilait derrière le prétexte écologique des économies d'énergie. Les grandes marques mondiales, celles de l'industrie du textile en particulier, ne pouvaient bien sûr pas créer des objets personnalisés et différenciés pour chaque être humain, surtout avec l'obsession de *déconsommation* des plus jeunes qui mutait peu à peu en force politique.

Ces marques n'avaient pas non plus à se soucier du *vrai* désir des masses. Leur but était d'*uniformiser* les achats des gens modestes ou pauvres pour diminuer les coûts de production. Et de cibler avec justesse leurs potentiels acheteurs. Casquette de base-ball, sneakers, sweat à capuche : une sorte de sainte trinité vestimentaire s'était imposée progressivement.

Les industriels avaient rationalisé la chaîne de fabrication en utilisant les mêmes matrices et tissus de synthèse pour approvisionner l'ensemble de la *sphère pauvre*. Le Swastika apposé sur le moindre vêtement de mauvaise qualité avait amélioré considérablement les ventes.

Mais il fallait aussi marquer le territoire des riches, qui adoraient porter les tenues vestimentaires des populations urbaines sans ressources. Des *séries limitées* très coûteuses – qui n'avaient de toute façon rien d'un nouveau concept – étaient réservées aux clients fortunés. Le design des vêtements était le même. La différence entre les deux types de produits résidait dans la qualité de la fabrication et le choix de matières et d'accessoires comme des bijoux que seuls les riches étaient en mesure de s'offrir. C'était une idée nouvelle. Les pauvres, on le savait depuis toujours, enviaient les riches par mimétisme social et tendaient à s'habiller comme eux. Aujourd'hui, la tendance s'était inversée : les riches se révélaient obsédés par l'apparence et l'attitude des pauvres.

Ainsi vêtus, les gens connaissaient une certaine satisfaction. Il n'en aurait pas fallu beaucoup pour qu'ils la désignent par le mot de *bonheur*. C'est ce qu'avaient compris FKMVHO et HO&MO ou UOniqulO. Une journaliste américaine avait comparé cette différence à deux files d'attente chez MacDOnald's : l'une où vous avez la possibilité de commander les menus habituels, Big Mac, Nuggets, etc., l'autre où vous sont proposées les mêmes formules mais adaptées aux riches, bien plus chères, gastronomiques et agrémentées de truffe, de caviar, de grands vins, servies par de jolies serveuses ou serveurs dans une aire privée du restaurant. C'est ainsi que la misère se dota de son « costume » international, quasi identique à celui des classes aisées.

L'ajout du Swastika sur chaque vêtement permit de franchir une étape cruciale vers l'incantation commerciale uniformisée.

Les historiens ne manquèrent pas d'établir un parallèle entre cette *sainte trinité vestimentaire* et la *rationalisation* mise en place par le pouvoir nazi à partir de 1942. Adolf Hitler avait demandé en effet à ses ingénieurs, pour que l'Allemagne puisse rivaliser avec les Alliés, infiniment supérieurs sur le plan économique, de « simplifier » la production de guerre afin de l'augmenter et de doter l'Allemagne d'armements suffisants. Les SS devinrent un moyen de coercition et de *management.* « Ici nous couvrons tout », disaient-ils aux directeurs d'usine récalcitrants face aux meurtres et mauvais traitements que subissaient les prisonniers forcés au travail. L'optimisation cynique de la production d'armements les poussa à s'intéresser à chaque détail, jusqu'à la nutrition des ouvriers. Ils surent inventer une économie génocidaire structurée autour du meurtre de masse. Auschwitz et sa fabrique de caoutchouc synthétique, la Buna-Werke, furent une usine très performante. Ce qui prouve que la *simplification* constitue une redoutable arme économique.

MANQUE

Il vivait en état de manque. Un prisme posé sur ses yeux lui avait laissé croire que les « autres » s'intéressaient à lui. Mais c'était une illusion, ou plutôt une décomposition spectrale du rayonnement social. Les « autres », ça n'existait pas vraiment. Il y avait le silence et c'était tout.

Tout ce qu'il convoitait lui échappait. On lui avait dit que la religion emplissait le cœur de bonheur, mais il ne connaissait que l'insonorité. Alors qu'il s'était plaint un jour de sa vue de plus en plus mauvaise, l'ophtalmologiste lui avait prescrit des séances de rééducation chez un orthoptiste. Il souffrait de double vision. La lumière pénétrait dans son œil droit et décalait les objets. Il voyait *différemment*.

Depuis quelque temps Lazare n'avait plus le goût de vivre. Son quotidien se peignait sous les traits d'une décourageante cénesthésie. La dépression qu'il avait auto diagnostiquée pouvait-elle être responsable de son état ? Pas sûr. L'extinction de son désir de vivre l'effrayait.

Le vide profond qu'il percevait en lui avait sans doute un sens. Ce manque d'amour, cette sensation de totale solitude, cette incontestable impression de dérive le perturbaient.

*

Elle s'appelait Hyacinthe et avait les yeux verts, une peau diaphane ainsi qu'une bouche sensuelle et des lèvres pulpeuses. Ses cheveux châtain blond organisés en vaguelettes lisses et vernissées autour de son cou délicat retombaient avec nonchalance sur ses épaules. Elle semblait être la transposition d'un trait de lumière amoureux.

Elle n'était pas grande mais ses proportions physiques étaient remarquables. Il émanait d'elle une animalité surprenante et primitive. Elle fixait Lazare lorsqu'elle parlait. Les gens très beaux vous regardent souvent droit dans les yeux. Une question de confiance en soi. La perfection physique porte sans doute en elle les germes du despotisme.

Ils ne se voyaient pas souvent mais à chaque rencontre, il éprouvait la blessante impression que les minutes du rendez-vous étaient comptées. Surtout lorsque Hyacinthe posait discrètement son regard sur sa montre.

Il avait appris à se méfier de deux types de personnes : celles qui regardaient leur montre pendant une conversation, et celles qui, avec une précision chirurgicale, ôtaient une poussière de leur pull. Le premier geste était de nature masculine, et le second d'ordre neurasthénique.

Un jour, lors d'un déjeuner organisé par Hyacinthe, était survenu M*5422, un ami comédien vêtu d'une chemise GucciO blanche décorée de boutons de nacre sur lesquels apparaissaient de jolis Swastikas. Hyacinthe portait de son côté une courte robe d'été blanche, parée des mêmes boutons. Ils avaient l'air idiots tous les deux avec leurs accoutrements quasi identiques ! Lazare avait perçu leur complicité et s'était demandé pour quelle raison elle l'avait invité.

L'avait-elle utilisé ? Elle n'avait pourtant besoin de personne pour séduire. Sa beauté fulgurante suffisait. Les comédiens cherchaient une audience permanente. Cette pensée l'avait apaisé.

Peu après, dans l'ascenseur qui l'emmenait chez lui au deuxième étage, il sentit un souffle d'air glacé l'entourer, comme si un léger brouillard d'azote se glissait furtivement dans l'étroite cage aux tissus rouge carmin d'un autre temps. Il pensa au chiffre – 273,15, qu'il avait appris en cours de sciences naturelles : – 273,15 °C, c'était la température la plus basse qui puisse en théorie exister. *Mais pour quelle raison utilise-t-on les autres ?*

*

Après avoir dépassé le Pont-au-Change, il décida de rebrousser chemin ; l'île Saint-Louis ne le tentait pas. Il marcha en direction des Halles : il n'avait pas encore vu la Canopée version 2.

Lorsqu'elle s'était partiellement écroulée trois ans auparavant, elle avait emporté avec elle une dizaine de personnes dans la mort. L'inauguration du nouveau bâtiment était toute récente. Mais Lazare avait un autre plan en tête : la FnacO de l'ancien Forum des Halles, rebaptisé « Westfield FOrum des Halles » depuis son rachat par un consortium immobilier. Voilà bien cinq ans qu'il n'y était pas retourné. Le nom « FnacO » ne prenait pas : les gens persistaient à dire « Fnac ». Il aimait se promener à travers les rayons high-tech et ensuite se diriger vers la librairie. Il pouvait y rester une heure ou deux pendant les grands moments de tristesse.

La Canopée 2 était une prouesse architecturale. Un toit en forme de carapace feuillue transparente où jouait la lumière naturelle. Elle abritait l'entrée de l'ancien centre commercial des Halles et des stations souterraines du RER. Un escalier monumental menait aux boutiques situées en contrebas, mais avant d'y accéder, il fallait passer d'un côté ou de l'autre d'un grand Swastika planté sur un socle massif en cuivre lustré, juste devant l'accès principal.

Comme beaucoup, Lazare s'était souvent demandé pourquoi les Swastikas n'étaient pas adaptés aux goûts des différents consommateurs. Mais *a priori*, dès que les codes visuels du Swastika nazi étaient modifiés, son pouvoir s'évanouissait. Sa substance était inaltérable : on ne pouvait que le laisser « vivre » sous sa forme graphique originelle. Ainsi, il donnait sa pleine mesure.

Au premier étage de la FnacO, juste après la désinfection systématique des mains au gel hydroalcoolique, sous le regard placide des vigiles, Lazare aperçut au loin les ordinateurs AppleO, eux aussi décorés d'un Swastika. La technologie le ramenait infailliblement à son travail. RHSAO, son employeur indien, l'avait recruté pour développer les liens qui existaient entre les différentes régies publicitaires individualisée*s* du type *Power Editor* de FacebOOk ou GOOgle Ads, afin d'inciter les consommateurs à financer des publicités qui ne servaient à rien, pour leur chat ou leur chien par exemple, ou pour les premiers pas de leur bébé. Ce travail était plus tranquille que le poste qu'il occupait chez SWKO Inc., son précédent employeur. Cette marque de vêtements et d'accessoires était devenue en quelques années une des premières capitalisations boursières au monde. Créée par Rikardo Klémente, un Argentin installé à Los Angeles, elle avait pris de court le milieu du prêt-à-porter. L'homme était très charismatique. Comme beaucoup de Milliardaires, son ego invraisemblable lui servait d'outil de communication.

Le jour de l'inauguration des nouveaux bureaux de SWKO, situés près des Champs-Élysées, l'ensemble du personnel attendait nerveusement son arrivée. Lazare éprouva le besoin d'aller uriner. Il se trouvait seul dans les immenses toilettes de marbre blanc décorées de nombreux Swastikas lorsqu'il entendit la porte s'ouvrir. La voix d'un homme sifflotant un air célèbre de la *Tosca* de Puccini résonna dans le lieu vide. Lazare tourna la tête vers l'inconnu tout en continuant de se soulager. L'homme cessa de siffler et se figea un court instant, certainement pour évaluer un potentiel danger. Il se posta finalement devant un des urinoirs à quelques mètres de Lazare et défit sa braguette tout en reprenant son sifflotement.

Lazare reconnut alors Rikardo Klémente. Leurs regards se croisèrent. Le visage bouffi du créateur de SWKO provoqua en lui une déroutante montée de haine. Il s'imagina sortir un revolver et abattre son patron d'une balle dans la tête. Ce face-à-face imprévu au milieu de ces magnifiques toilettes déclencha un phénomène psychique auquel il avait été confronté dans son enfance. Se plaignant vers l'âge de huit ans qu'il « pensait souvent à des choses qu'il ne voulait pas », il avait été emmené par ses parents voir un psychologue pour enfants. Celui-ci avait émis l'hypothèse qu'il souffrait de *pensées intrusives*, des pensées non sollicitées. « Cela devrait passer avec l'âge adulte », avait conclu le médecin.

Cela n'était pas passé.

CHANT N° 3

... Tue-le ! Tue-le ! « Vivant », la mort n'existe pas, et « Mort », la mort n'existe pas non plus. La souffrance est brève et conduit fatalement à la mort qui n'existe pas. Les ordinateurs sont vides, les démons informatiques sont parmi nous.
Nous scrutons maladroitement des murs de feuillages derrière lesquels des visions secrètes de Hollywood et de rêves de traits plats se matérialisent sur Sunset Strip, illuminés par les feux avant et arrière des machines secondaires. Nous sommes engendreurs de tortures collatérales. La solution ? Détruisez les voitures ! Détruisez les caméras ! Le problème n'est pas l'émetteur, c'est le récepteur.
Si échouer tu dois, alors fais face à ton destin et sois prêt à ne jamais vendre. La jouissance sans entrave mène au massacre. Qui aura raison ? Il faut castrer ce qui devient trop puissant. La ville, la cité, est devenue trop puissante, mais le monde rural a toujours le dernier mot.

Il travaillait depuis plusieurs années pour SWKO Inc. et avait participé à la progression fulgurante de la *Company*. Le temps des anciens locaux, situés à Aubervilliers en « open space glissant », près du canal de l'Ourcq, semblait loin. Rikardo Klémente avait décidé de transférer l'ensemble du personnel dirigeant en des lieux plus spacieux. L'avenue Marceau, proche de l'Arc de Triomphe, fut choisie pour devenir le nouveau siège social de la société. Des Swastikas de toutes sortes et de toutes tailles ornaient le moindre recoin. « Ça ressemble à un sex-shop avec ses godemichés de différents gabarits », songea Lazare. Il détestait la vulgarité mais une seule phrase résumait son impression générale : « Il veut nous la mettre bien profond ! »

Le succès de SWKO remontait au début des années 202*, lorsque le Congrès américain avait autorisé la commercialisation et la diffusion des Swastikas.

De très nombreuses contestations s'étaient produites au sein des entreprises qui souhaitaient utiliser le Symbole. Des vagues de démissions politiquement coordonnées avaient retardé la production et l'acheminement des marchandises incorporant le Symbole. De nombreux sabotages sur les lieux de transit, notamment le port de NYC, avaient empêché des groupes très puissants d'exporter vers les autres pays.

Saisissant l'opportunité, Rikardo Klémente et son équipe avaient recruté et créé en peu de temps des équipes commerciales très jeunes. Il avait compris avant tout le monde qu'il fallait se débarrasser des préjugés à l'égard du Swastika et que, pour cela, il était indispensable de trouver des hommes et des femmes « motivés ». Et, de préférence, *sous-éduqués historiquement*, incapables d'associer le moindre événement au nom de « Treblinka » par exemple.

« Un bon produit reste un bon produit ! » répétait-il inlassablement en réunion. Il aimait citer en exemple VOlkswagen, « qui avait si bien survécu à la Seconde Guerre mondiale ».

SWKO Inc. n'avait pas mis longtemps à constituer une force de vente commerciale efficace et motivée. Des jeunes gens, chômeurs pour la plupart, s'étaient présentés en nombre. Les psychologues de l'entreprise s'étaient bornés à éliminer les sujets jugés potentiellement dangereux, les néonazis et autres extrémistes racistes ou radicalisés attirés par les relents sulfureux du Swastika. « Il n'y a pas de place pour de telles personnes dans notre entreprise », répétait Rikardo Klémente dans les médias. SWKO veillait à ne froisser aucune communauté, aucune identité sociale ou sexuelle, que ce soit dans sa politique de ressources humaines ou dans sa communication. Tous ses DRH se tenaient en permanence sur le qui-vive pour ne pas commettre une erreur irréparable qui coûterait des milliards de dollars à la *Company*. La marque voulait écouler ses produits en Israël et auprès de la diaspora juive. C'était une obsession. Klémente le clamait sans relâche de sa voix haute et brisée, comme un porc réclamant sa nourriture.

Le succès de SWKO avait été foudroyant. Pendant que l'opinion mondiale et américaine se déchirait à propos de la décision du Congrès qui venait d'autoriser le Symbole, SWKO avait exporté vers quelques pays tests des échantillons fabriqués en Inde et destinés au marché du luxe. L'émirat de Dubai était devenu le premier champ d'expérimentation de la marque. La réponse de la clientèle avait été extraordinaire. La jeunesse fortunée de l'émirat s'était ruée sur les tee-shirts à croix gammées de SWKO Inc. L'engouement était tel qu'il avait fallu réapprovisionner immédiatement les stocks. Pendant que les grands groupes de textile tentaient de régler les problèmes suscités par la commercialisation de tels produits dans les pays occidentaux, SWKO Inc. avait réussi par l'organisation d'« importations sauvages » provenant des pays du Golfe à pénétrer les marchés européen et américain.

C'est ainsi qu'on pouvait trouver en Occident la marque, qui distillait au compte-gouttes sa gamme *street wear* BWRO, pour « Black White Red ». La méthode était très simple : les magasins qui distribuaient ces produits « révolutionnaires » étaient des *concept stores* qui s'adressaient à une catégorie de gens aisés, vedettes de cinéma, chanteurs de rap ou de pop, blogueurs, influenceurs – leaders d'opinion. À peu près tous *ignorants et fiers de l'être.*

Ces personnes avaient été les premières à porter ces nouveaux types de vêtements et souscrivaient docilement aux thèses *progressistes* des promoteurs du Symbole. Ils voyageaient beaucoup, ne lisaient plus, et croyaient comprendre les autres cultures en passant d'un aéroport à un autre et en visionnant des séries sur NetflixO, qui se chargeaient de les *éduquer* sur tel ou tel sujet qu'ils ne connaissaient *pas vraiment.* Ils ne cherchaient pas non plus à donner forcément un sens politique à leur *engagement.* Ces prescripteurs – que l'on dénommait justement « influenceurs » – avaient jugé *intelligente* l'idée de recycler le Swastika dans la culture urbaine commerciale (ça tombait bien, c'était la leur !) et y avaient adhéré. Tous semblaient très heureux de participer à un projet aussi révolutionnaire, tant qu'ils pouvaient y réaliser un « petit bénéfice ».

Deuxième élément du succès de SWKO : la stratégie de revente des séries limitées sur le « second marché », celui de l'occasion qui, on le savait déjà, avait propulsé les prix de certains articles, comme certains modèles de sneakers de la marque AdidasO, bien au-dessus de leur prix d'achat d'origine.

Lazare avait participé à l'élaboration heuristique de SWKO Inc. en France et en Europe, en travaillant au département « Célébrités ». SWKO Inc. avait racheté la société spécialisée dans les stratégies de développement publicitaire pour laquelle il travaillait comme développeur. L'idée du département « Célébrités » était rudimentaire. Hors de question de s'adresser à des personnalités psychiquement équilibrées pour promouvoir la marque. Il fallait au contraire utiliser des gens de grande renommée mais faibles sur le plan psychologique. Des articles de presse avaient accusé SWKO de s'inspirer des techniques de soumission mentale de certaines sectes. La marque utilisait les problèmes de dépendance ou de dépression de célébrités pour les convaincre qu'en arborant un tee-shirt SWKO, elles contribueraient à améliorer l'état du monde. Bien sûr une grande partie de ces peoples avaient commencé par rejeter l'idée d'être associés à un produit aussi *dangereux* pour leur réputation. Mais il s'en trouvait toujours un ou deux en manque d'attention médiatique pour accepter. Les cibles principales de SWKO étaient la musique, la mode, le sport, et surtout les célébrités issues du monde de la téléréalité, en raison de leur faible niveau d'éducation. L'idée de Rikardo Klémente n'était pas originale : les principales sectes se déployaient en mettant le grappin sur quelques « stars » qui servaient de caisse de résonance pour leur cause.

Certains artistes ou sportifs n'hésitèrent pas à relancer leur carrière par l'opprobre. Si le *Milliardaire Blond* avait pu devenir président des États-Unis grâce à la puissance de la téléréalité, tout était possible. Les débuts avaient été hésitants, mais tout avait basculé lorsque l'influenceuse KKO, qui peinait à vendre ses produits, était devenue « ambassadrice » pour la marque SWKO. Les businessmen du passé paraissaient sympathiques par rapport à ceux des années 2020 déferlantes.

Que changea l'entrée en scène de KKO ? Pourquoi l'alliance entre SWKO et l'influenceuse avait-elle permis la percée du Symbole ? Rikardo Klémente et ses stratèges avaient utilisé l'univers des *Métavers* pour faire décoller la réalité virtuelle pour de bon. Ainsi, les réseaux sociaux avaient disposé immédiatement de contenus « dématérialisés » prêts à la vente tels que des tee-shirts transformés en « œuvres d'art uniques » par la magie des NFT[1]. Les séries limitées digitales de KKO/SWKO baptisées « SWAKKKO » s'étaient arrachées une fortune et avaient guidé l'univers des métavers vers le succès. L'industrie mondiale avait plongé dans ce geyser d'argent frais.

Lazare avait donné sa démission lorsque SWKO Inc. était devenue une des premières sociétés du monde. Il ne voulait plus participer à cette mascarade. Toute consécration trop affichée lui donnait la nausée. Depuis quelques années, chaque matin lorsqu'il regardait les nouvelles, il avait le sentiment d'être contraint d'assister au triomphe d'un « autre ».

1. *Non-fungible token* : œuvre d'art numérique certifiée par la technologie de la *blockchain*.

Un Milliardaire, un artiste, un architecte, un homme politique, un contestataire, un marchand, un footballeur, un criminel, une nouvelle sneaker ou un film au box-office, etc. Il n'en pouvait plus. Une véritable « castration médiatique » ! Il était déjà parfois difficile de vivre et de croire en soi, mais cette injonction continuelle à célébrer et à valider le triomphe des autres à chaque réveil le perturbait. Il avait donc décidé de ne plus regarder les nouvelles. Pas tous les matins en tout cas.

Il se posait beaucoup de questions sur le « Swastika commercial » et l'utilisation qu'en faisaient les commerçants. La manipulation de célébrités en perdition ou les partenariats rémunérés avec des entrepreneurs narcissiques débiles pour guider les gens dans leurs achats cosmétiques ou vestimentaires ne lui convenaient pas.

Depuis le 4 février 2004, qui correspondait à la mise en ligne de Facebook, on pouvait considérer le macrocosme autrement. Le champ de la publicité était illimité. L'irruption de la promotion personnelle liée au développement de la culture numérique et de la *dématérialisation des supports* avait balayé l'« ancien monde ». Les structures psychiques humaines aussi avaient entamé une catagenèse, une « descente d'énergie » qui menait à la mort. Avec le recul de la psychanalyse, les gourous informatiques pullulaient. D'ailleurs, un nouveau terme moins péjoratif s'était imposé dans le vocabulaire novlangue de l'époque. Les Milliardaires étaient devenus des « Starets », des guides emplis des *saintes lumières* menant les fidèles dans la voie de la perfection et de l'*état angélique* digitalisés. L'Organisation État islamique, qui avait sévi pendant les années 2014-2018, l'avait démontré d'une manière inquiétante. La diffusion de pornographie ou de décapitations produisait pratiquement le même résultat sur un plan émotionnel. L'image s'était imposée comme l'élément central des émotions, le pixel avait gagné la guerre contre l'atome. Les injections quotidiennes de pixels se mélangeaient à l'adrénaline.

Le même phénomène se produisait dans l'art. Tout le monde connaissait et pouvait ressentir dans sa chair les effets d'une expérience artistique. L'époque était désormais « Post Art ». La « société des grands prix » que certains dénonçaient depuis quelques années le prouvait d'une manière irréfutable : le maillage de concours et de prix dans tous les domaines de la société permettait le contrôle de l'art et des créateurs à un point qui n'avait jamais été atteint auparavant. Peu importait l'œuvre : le *Red Carpet* et la montée sur la scène pour recevoir sa récompense devenaient l'« œuvre ». Les émotions artistiques s'étaient faites secondaires, le corps humain s'était transformé en réceptacle de signaux digitaux envoyés par les publicitaires et les marques du monde entier. Des chercheurs avaient mis au point l'imprimatisation personnelle 3D de la sexualité. Les pixels sexuels avaient remplacé les corps faits de chair et d'os. Il était dorénavant possible de se fabriquer sa propre sexualité en choisissant quel signal informatique allait vous stimuler. La culture de la violence rivalisait dorénavant avec la culture pornographique et celle du divertissement. La pensée du marquis de Sade reprenait vie sur les réseaux numériques. Mais à la différence de ses livres qui ne se vendaient guère – comme presque tous les livres d'ailleurs –, le moindre pixel diffusé sur internet entrait dans un *périmètre monétisé* contrôlé par les IG-FAA. Et il n'y avait plus de censure.

Deux personnes avaient théorisé bien avant l'avènement des IG-FAA cette société « sadienne » digitalisée.

En 1972, les philosophes Gilles Deleuze et Félix Guattari avaient ajouté un élément au traditionnel décorum philosophique et psychanalytique, développé dans leur livre commun *L'Anti-Œdipe* : avec la figure du « schizoïde » (le schizophrène qui « branchait tout sur tout »), ils avaient établi un lien entre folie et capitalisme. En contestant une grande partie des institutions de la société d'alors, Deleuze, Guattari et leur « schizoïde » avaient suggéré la possibilité d'une société de *jouissance sans entrave* libérée des structures hiérarchisées. La greffe n'avait pas pris car il n'existait pas d'alternative au « réel » dans les années 1970, et les minorités ne possédaient aucun outil de rassemblement.

Quelques décennies plus tard, les « Schizodigitaux » (ou futurs Milliardaires du nouveau monde) avaient effectivement *branché* « tout sur tout ». Ils avaient injecté au sens littéral la perversion « sadienne » sur les réseaux de communication modernes. La déconstruction, l'immanence planifiée, les réseaux croisés et rhizomiques, la chaosmose et l'eutopie théorisés par les deux penseurs avaient pris forme d'une manière dématérialisée à défaut d'avoir pu le faire dans la vie réelle. Un détail n'avait par contre pas été prévu dans *L'Anti-Œdipe* et *Mille Plateaux* : le financement par la publicité de cette « jouissance sans entrave ». Une nouvelle « arborescence » – en d'autres mots une nouvelle hiérarchie capitaliste – *rémunérée et narcissique* s'était élevée lentement de l'abîme, gouvernée par des *lead users* schizoïdes (les Milliardaires) totalement dénués d'empathie et obsédés par le concept d'« innovation ouverte ».

Après la pandémie de Covid-19, une question revenait de manière lancinante. Pourquoi la société était-elle devenue précaire au point de ne pas avoir assez de lits d'hôpitaux ni de soins adéquats alors qu'on disposait d'armes qui ne servaient pas à grand-chose, ou de sociétés privées qui envoyaient des « riches » dans l'espace dans le simple but d'aller *faire un tour* en polluant le cosmos ? La réponse tenait en deux mots : les Milliardaires. Les « *Milliardaires Schizoïdes digitaux* » avaient été désignés comme les responsables du chaos. Les gens n'avaient pas forcément tort : au-delà du débat habituel sur la pauvreté et les causes du déclassement social, la société tentait de comprendre pourquoi les Milliardaires se retrouvaient ainsi pointés du doigt. Après tout, les riches n'avaient pas créé que des catastrophes autour d'eux. Mais un Milliardaire du « nouveau monde » n'avait rien de commun avec l'image des richissimes hommes d'affaires que l'on connaissait depuis le siècle précédent. Ces *nababs schizoïdes* avaient développé des fortunes bien supérieures à celles de leurs prédécesseurs. Plusieurs raisons à cela en dehors de l'évident accroissement de la population mondiale : la société capitaliste d'*avant*, malgré sa rapacité, laissait quelques sous dans la poche des consommateurs et ne les incitait pas à dépenser ni à contracter des emprunts pour acquérir ou utiliser des biens ou services dont ils n'avaient pas besoin la plupart du temps.

L'avènement des IG-FAA avait mis fin à cet exeat « ne pas consommer ». Dès lors, les derniers centimes de la personne la plus démunie de la planète avaient été aspirés par les ploutocrates de la nouvelle économie grâce aux outils informatiques dont ne disposaient pas les Milliardaires d'antan.

La seconde raison était encore plus facile à comprendre : pour que ces hommes d'affaires puissent devenir, pour certains, vingt ou trente fois plus fortunés qu'Aristote Onassis, décédé en 1975 – et qui en son temps était considéré comme l'homme le plus riche du monde –, les IG-FAA avaient développé des stratégies d'optimisation fiscale qui leur permettaient d'échapper à l'impôt. La presse et les médias dans leur presque totalité leur appartenaient. Les gains des *Milliardaires Schizoïdes* étaient immenses et les revenus de leurs employés tellement bas qu'il avait fallu inventer d'autres moyens de diversion que des émissions de téléréalité ou des matches de football pour anesthésier les foules. Et, de surcroît, ils fanfaronnaient et s'affichaient comme des *annonciateurs digitaux sexy* sur les réseaux sociaux. Un jour sur un yacht à Porto Cervo, un autre dans un chalet à Aspen. Bien coiffés, bien habillés. Ou pas.

Mais faire des dons et utiliser l'outil caritatif – la technique habituelle de la jet-set pendant des dizaines d'années pour se soustraire à la vindicte des pauvres – ne fonctionnait plus. La colère populaire grondait.

On avait même accusé les *Milliardaires Schizoïdes* et les IG-FAA d'être les promoteurs de la *racialisation* du débat public qui enflammait depuis quelques années les médias. Les mauvaises langues les avaient accusés d'être la force principale qui se tenait derrière « le business de la révolte raciale, de la déconstruction et de l'essentialisme tendance Woke ». Plus de trafic internet équivalait à plus de revenus publicitaires, et peu importait ce qui était diffusé dans les tuyaux informatiques.

Mais la vérité était plus effrayante encore.

Après la première année de la pandémie de Covid-19, il y avait eu une mise en avant sur les réseaux sociaux d'artistes et d'entrepreneurs du Web qui avaient trouvé un surprenant « courage social » à dénoncer les injustices et les mauvais traitements exercés sur les minorités. Alors qu'ils n'avaient bien entendu jamais agi pour quelque cause que ce soit dans le passé. Ces *idiots utiles* ne comprenaient pas les véritables enjeux. Ils étaient tournés en dérision par la gauche anticapitaliste qui les traitait de « *Martin Luther King du dimanche* ». Cette gauche extrémiste avait parfois fait alliance avec certains d'entre eux mais au fond les méprisait.

Imbus d'eux-mêmes et ambitieux, ils avaient détourné à leur profit l'envie des masses d'une société plus juste en endossant des postures politiques ridicules et radicales, la plupart du temps un copié-collé des grands contestataires des années 1960.

Instrumentalisés sans en avoir conscience, ils avaient occupé tout l'espace médiatique avec l'objectif de « rendre justice ». Ils avaient calmé provisoirement la fureur de la foule, se rêvant justiciers irréprochables alors qu'ils n'étaient que les petits commis de leurs maîtres, les IG-FAA, qui les tenaient bien fermement au bout d'une laisse « blanche ».

Beaucoup avaient vu dans l'*engagement politique informatique* une nouvelle opportunité de notoriété. Les vedettes de cinéma en particulier s'étaient approprié l'envie de changement des masses. Mais seuls les jeunes étaient autorisés à mettre en scène la révolution climatique, raciale ou économique. Les vieux en étaient exclus, à part quelques figures médiatiques incontournables.

Il fallait une peau bien lisse et sans rides pour mener la révolution informatisée. La contestation politique et le militantisme, derniers bastions inaccessibles aux IG-FAA, avaient été envahis eux aussi par le vedettariat instrumentalisé qui submergeait les traditionnelles organisations politiques et syndicales. Fort logiquement, les comédiens y avaient vu l'occasion de jouer leur rôle ultime. Un des plus beaux exemples en avait été l'*Acteur-Ouvrier* lorsqu'il avait proposé une taxe sur les « super-riches ». On n'avait jamais vu ça. Un comédien qui habitait sur une des plus coûteuses places du monde, fréquentait les riches et les puissants depuis sa jeunesse, suggérait soudain une taxe que l'extrême gauche réclamait depuis toujours. En Amérique, le slogan « *Tax the Rich* » était devenu un mantra incontournable, surtout pendant les *Fashion Weeks* qui s'offraient elles aussi une tribune contestatrice. Les professionnels de la mode répondaient aux critiques qu'il « valait mieux faire quelque chose que de ne rien faire ». Les gens éduqués n'avaient que l'ironie comme riposte : Staline aussi croyait fermement que les camps de travaux forcés étaient « mieux que les camps où les détenus ne faisaient rien ». Mais l'ironie ne pouvait plus rien.

L'« unification du champ spectaculaire » théorisée par Guy Debord était cette fois bien en place.

Pendant la pandémie de Covid-19 et dans la nouvelle ère économique qui avait suivi, les populations les plus pauvres avaient compris, avec une rage infinie, que les propriétaires des IG-FAA ne payaient pratiquement pas d'impôts en dehors de leurs pays d'origine, les États-Unis, et que ces derniers leur accordaient *en plus* des ristournes fiscales. L'Europe peinait à imposer la fameuse taxe minimale de quinze pour cent sur les entités transnationales. Les plus jeunes, qui avaient vécu le traumatisme économique du coronavirus et des conséquences de l'invasion de l'Ukraine, refusaient de se laisser endormir par des vedettes incultes qu'ils considéraient comme des contremaîtres, voire des *kapos commerciaux* à la solde des IG-FAA.

Même la conquête de l'espace par les *Milliardaires Schizoïdes* devenait sujette à caution. Il était impossible que ces entrepreneurs mégalomaniaques puissent à court terme coloniser la Lune ou extraire quoi que ce soit de la planète Mars pour le bien de l'humanité. Ils y perdraient leur fortune. Par contre filmer des fictions dans le vide pour le « Space-Hollywood » à venir était un objectif tout à fait raisonnable et source de profits envisageables. Et de propagande bien sûr.

C'en était trop ! Une action lancée par des étudiants organisés en réseaux fragmentés anonymes à travers la planète avait créé le mouvement « Lumières II », dont le projet était la fin de l'hégémonie des *Milliardaires Schizoïdes*.

Le Swastika avait surgi dans ce contexte de tentative de mise au pas des Milliardaires par le mouvement Lumières II, qui prenait de plus en plus d'ampleur. Les franges extrêmes de cette tendance prétendaient même que le Swastika avait été créé par les IG-FAA pour détourner l'attention des masses du champ politique. Mais ce raisonnement ne tenait pas car le Symbole semblait hors de tout contrôle.

Le déclencheur des hostilités contre les *Milliardaires Schizoïdes* avait été l'attentat-suicide de Cameron Brown, une jeune étudiante pauvre de vingt et un ans qui s'était fait exploser au milieu d'un rassemblement annuel d'une grande marque de la SilicOn Valley pour protester contre l'extrême paupérisation de la jeunesse.

Elle avait emporté avec elle les trois principaux dirigeants de la société ainsi que plusieurs dizaines d'actionnaires.

Cameron était aussi une artiste. Elle avait laissé une lettre manuscrite diffusée après coup sur tous les réseaux sociaux :

> *Je m'en vais aujourd'hui et mon existence aura été misérable. Mais comment espérer vivre dans un monde aussi détestable ? Tout nous a été pris, et les seules choses qui nous ont été laissées sont les drogues, les réseaux sociaux, les complots et la violence. Et aussi nos pauvres yeux et mains pour nous forcer à célébrer, impuissants, l'infâme spectacle de ces Milliardaires qui exercent leur prétendue bienveillance sur nos corps déformés. Après nous avoir*

dépouillés et mis dans une cage informatique aux contours flous et consuméristes, pensent-ils vraiment que nous, les plus démunis, aurons de la pitié lorsque le temps sera venu pour eux de payer ?
Je les hais car ils se fantasment bons et généreux. Je les hais car ils croient qu'ils nous aident avec leurs programmes philanthropiques. Je les hais car ils veulent sauver l'humanité. Mais sauver qui ? Des ignares sous perfusion de soda et de séries qu'ils ont dressés comme des esclaves numérisés ?
Je passe chaque jour en compagnie de la mort. Lorsque je regarde le ciel, la mort n'est jamais un sujet de peur. Toutes mes paroles pourraient être les dernières. Mon rêve d'une vie idéale a été brisé. La liberté est l'essence de la nature humaine et ne peut pas être annihilée. Mais ceux qui sont orgueilleux ne le resteront pas. Il est réjouissant d'imaginer que même s'ils ne meurent pas aujourd'hui, ils seront mis en pièces dans le futur par une autre explosion. Bien qu'ils soient vivants et fiers en ce moment, ils mourront un jour.

Les *Milliardaires Schizoïdes* avaient été saisis d'effroi après l'attentat.

Ils avaient compris la substance du message qui leur avait été adressé bien plus vite que les éditorialistes ou les sociologues.

Tous avaient renforcé leurs systèmes de sécurité personnels. L'intelligence du message de Cameron les avait pétrifiés. Éduquée, elle s'exprimait avec un lyrisme poétique. C'était la chose la plus dangereuse pour un *Milliardaire Schizoïde* du « nouveau monde ». Avoir à affronter une protestation menée par des artistes qui préféraient se suicider en les détruisant, eux, les « Tout-Puissants », plutôt que de se suicider par détresse. Les jeunes artistes avaient enfin compris que les moyens et les rapports de production s'étaient transformés à leur absolu désavantage depuis l'avènement d'internet.

Tant que le niveau d'éducation restait au plus bas, et que ces mêmes artistes étaient contrôlés par des concours télévisuels et des méthodes de management qui éliminaient les plus subversifs et favorisaient les plus dociles, les tuyaux de soda, de séries ou de streaming pouvaient fonctionner à plein régime. Staline, encore lui : « Le problème, ce sont les hommes. Pas d'hommes, pas de problème ! » Et Cameron Brown l'avait compris. Elle s'attaquait à la source du problème : l'homme derrière le Milliardaire.

Les Lumières II démontaient et remontaient patiemment leurs armes.

Lazare travaillait à présent chez RHSAO, une entreprise orientée sur le développement de la publicité personnelle.

Cela n'avait plus rien à voir avec le département « Célébrités » de SWKO Inc.

Était-ce un hasard si, au moment où la société s'apprêtait à plonger dans un chaos dû à l'accroissement des injustices sociales, le Swastika revenait équilibrer un monde en passe de réification ?

Son travail chez RHSAO consistait en de laborieuses compilations de données (le Big Data) analysées par des algorithmes de tri dont le résultat générait ce qu'on pourrait nommer un « premier cercle » des habitudes de consommation. À partir de ce premier cercle, des recommandations de produits étaient envoyées aux clients afin de déterminer leur réactivité.

Rien de très neuf à part l'extrême rapidité du processus d'addiction à un produit dématérialisé comme une plateforme musicale ou de cinéma. Sauf que des systèmes d'autoapprentissage issus de la recherche sur l'intelligence artificielle prenaient ensuite le relais, et déterminaient en fonction des données collectées quasi illégalement sur les téléphones de chacun les marchandises à présenter au potentiel consommateur. La grande nouveauté de l'époque était l'effrayante rencontre des envies de consommation avec le narcissisme anxiolytique des réseaux sociaux. Le projet économique obsessionnel de la sphère marchande et des IG-FAA était l'addiction des masses aux contenus digitaux. Ça les faisait vraiment bander de rendre les gens dépendants d'objets qui n'existaient pas.

Son téléphone vibra. Lazare hésita à s'en saisir mais céda à la tentation. Avant qu'il n'ait pu répondre, une quatrième vision sous forme de phrases incohérentes se substitua à la réalité…

CHANT N° 4

... « Wall Street ». Les Faisceaux directeurs.

Les Hedges funds, les Wallstreetbets, les cryptos et la DeFi nous font bander. C'est la même médaille. Une accélération à trois faces. Imagine toutes ces queues qui se dressent en même temps, ces chattes qui mouillent synchronisées par les reflets bleus. Nous passons notre temps à fixer un morceau de verre dans notre paume et à scruter des objets neutres et des courbes en chandelier. Ce sont des signaux vides. Et puis bien sûr, après les gains les conversions dans la pierre à Notting Hill, Soho, Saint-Paul-du-Marais ou Eivissa. Les agents immobiliers qui s'y croient à mort, costume cravate de luxe, gros culs, bouches tordues, bureaux de style néocolonial pour dominateur moyen chauve.

Parquet ciré partout comme leur crasse stupide et indolente. Quinze trente ans de camisole financière. Ils nous vendent ça quand nous sommes jeunes et nous le reprennent quand nous sommes moins jeunes.

Pourtant je sais, moi, que les politiques baisent les putes que les artistes leur fournissent. Mais les politiques ne fournissent pas les putes aux artistes. Ils ne laissent jamais rien à personne. Dites-vous bien que la drogue est pour un junkie une solution et non pas un problème. Ils savent bien que chaque jour est

horrible et ils se réjouissent, complètement défoncés, d'ignorer à quel point les jours qui suivront seront pires.
L'érotisation de l'instrument de travail : le secret définitif possède un lien indestructible avec la pénétration.
Faschionisme. Jet-set caritative. Humiliation définitive. Donner de l'espoir aux enfants démunis, c'est mieux que rien, clament-ils ! Les dons sont déductibles fiscalement ! Les dons sont déductibles fiscalement !
L'art est un moyen de blanchir l'argent sale !
Que se passe-t-il dans le cerveau d'un manager ? De quoi rêve-t-il ? De quel profit ? Crypto ? Self love *? Lean management ? Parade nuptiale des blockchains et des parachains, chairs brûlantes secouées de spasmes vindicatifs ? De quoi rêve-t-il ? De putes propatriarcales à baiser sur le coin d'une table ? Vider ses couilles/remplir son compte en banque ? Il ne rêve pas, car il sait qu'il est l'avant-dernier de la chaîne. Concepteur/propriétaire, mathématicien/ingénieur, manager/contremaître et tout au bout : ouvriers/pions.*
Mais vous croyez que vous nous faites peur ? Mais vous croyez que nous allons nous laisser faire ? Vous êtes bien excités à l'idée de nous dresser et de nous massacrer comme les moutons que nous sommes désormais. Mais les flingues changent souvent de camp, surtout quand la quête de vérité devient une ardeur invasive justifiée. Mais vous croyez que nous allons nous laisser faire ?

Voir le nom de Hyacinthe s'afficher sur l'écran de son téléphone le troubla. Son histoire avec elle – ou plutôt sa débâcle – avait été l'aventure d'une nuit qu'il n'aurait jamais dû accepter. Cette jeune femme avait le cœur gelé.

Après cet épisode, elle n'avait plus répondu à ses appels. Son silence le laissait désarmé. Il ne parvenait pas à conjurer le manque qui s'installait en lui.

Un après-midi, il avait pleuré. De rage ou de désespoir ? Il ne le sut jamais. Mais une image s'était alors substituée à celle de Hyacinthe. C'était le visage de son père, emporté par un cancer quelques années plus tôt.

LES DIEUX DISTRIBUTEURS

Printemps 201*. Lazare venait de passer quelques jours avec son père à l'hôpital. Celui-ci ne s'était pas rendu compte de la gravité de son état. Quelques mois auparavant, il avait commencé une chimiothérapie pour combattre un cancer diagnostiqué. Lazare n'imaginait pas que les choses iraient si vite. Il pensait faire des allers et retours dans un pays du sud de l'Europe où vivait son père, afin d'organiser et de suivre son admission dans un centre de soins palliatifs. Lors de sa dernière visite, juste avant son admission à l'hôpital, il avait été choqué par son apparence physique. Trois mois qu'il ne l'avait pas revu. Son père était allongé sur son lit, brisé par la souffrance. Au cours des mois passés, Lazare lui avait régulièrement demandé s'il avait besoin de sa présence, ou s'il pouvait l'aider en quoi que ce soit. Il rassurait son fils en lui répondant qu'il n'hésiterait pas à l'appeler, ce qu'il n'avait jamais fait.

Le médecin, une jeune cancérologue aimable, souhaitait alerter depuis longtemps ses enfants et sa femme de l'état de son patient, qui lui opposait invariablement un refus poli en prétextant que ses enfants se trouvaient à l'étranger et étaient difficiles à joindre.

Lazare connaissait son père. Celui-ci pensait s'en sortir, il était inutile d'affoler sa famille en leur révélant la vérité.

Son père partageait une vaste chambre avec deux autres malades. Un vieux monsieur qui se prénommait Pasquale, hospitalisé pour son état de grande faiblesse, pleurnichait comme un enfant chaque fois que sa famille s'en allait. C'était un agréable vieillard. Lazare l'observait à son insu. Ses expressions lui rappelaient celles d'un enfant. Il pleurait, riait, se perdait dans ses pensées.

L'autre patient, un gros monsieur taciturne, sosie de Luca Brasi, le tueur de la famille Gambino dans le film *Le Parrain*, avait commis une tentative de suicide. Il s'était jeté avec sa Vespa par-dessus le parapet d'un pont et avait atterri dix mètres plus bas dans le lit à sec de la rivière. De temps à autre, Lazare les aidait à boire un peu d'eau avec une paille, ou bien il appelait une infirmière lorsque « Luca Brasi » avait besoin d'uriner.

Au bout de deux trois jours, une petite communauté s'était développée autour de l'entraide.

Lazare parlait avec son père, et lorsque celui-ci était fatigué il descendait fumer une cigarette à l'extérieur. À d'autres moments, pendant les visites des médecins, il se tenait dans le couloir. Il s'asseyait sur une chaise et pleurait un peu pour se soulager. Au rez-de-chaussée, dans le hall d'entrée du pavillon « Medicina », devant les deux distributeurs de boissons fraîches, il observait parfois les reflets de son visage entre les canettes de soda. Ces appareils imposants se dressaient tels deux thaumaturges auxquels il rendait un culte dans le secret espoir de voir guérir son père. Il n'y avait aucun Swastika sur les parois métalliques des deux automates. Ni sur les produits proposés à la vente.

Il éprouvait de la sympathie pour ces machines. Elles avaient quelque chose d'humain. En tout cas, elles n'avaient pas moins d'humanité que les gens autour de lui. On introduisait une pièce de un euro, on tapait le chiffre correspondant à la boisson désirée et celle-ci poussée hors de son alcôve finissait par tomber dans le compartiment du bas où on la récupérait.

Lazare se demandait souvent quelle signification pouvait revêtir un acte aussi dénué de valeur que la chute d'une bouteille de boisson dans le bas d'un distributeur. C'était bien lui ! Il s'intéressait à ce qui n'intéressait pas les autres.

Un après-midi, pendant que son père se reposait, gavé de morphine, il se plaça devant le couple de dieux provisoires du pavillon « Medecina ». Sans bien savoir pourquoi, il leur demanda de l'aide.

« *De quoi as-tu besoin ?* lui répondirent les machines.

— Je voudrais connaître le jour de ma mort.

— *Pourquoi ?*

— J'ai besoin de la connaître. Je ne pourrai vivre qu'en sachant quand je mourrai. »

Après un long silence, la machine lui dit d'une voix grave :

« *Il te reste deux mille huit cent vingt-quatre jours.* »

Lazare calcula, troublé, que cela faisait un peu moins de huit ans.

Selon la machine, il mourrait huit ans plus tard. Il hésita à lui demander le jour et l'heure…

Lazare se réveilla en sursaut dans le couloir de l'hôpital. Il s'était assoupi. Il garda en tête le chiffre deux mille huit cent vingt-quatre jours. Il entra dans la chambre.

Il perçut une odeur douceâtre et insistante dès qu'il franchit la porte. Il l'attribua tout d'abord à l'environnement de l'hôpital. Lorsqu'il contourna le lit pour aider son père à se saisir du *pappagallo*, un petit ustensile en plastique servant à uriner, il réalisa que son père était devenu incontinent. Une flaque de merde liquide s'étalait sur sa couche hygiénique et débordait sur les draps. Anesthésié par les doses massives de morphine, il ne s'en rendait plus compte. Son unique souhait était de ne pas revenir chez lui et de ne pas affronter l'angoisse de sa femme. Il voulait être certain qu'on lui donnerait de la morphine. Parfois, ses lèvres esquissaient un sourire las.

Lazare ne saurait jamais si son père ne s'était pas moqué de lui jusqu'à la fin. Il souriait comme s'il avait en main toutes les cartes d'un jeu que lui seul maîtrisait. Lazare avait la désagréable impression que ses paroles chaleureuses n'avaient d'autre but que de lui faire plaisir. Ce qui n'était *pas si mal* après tout.

Son père rendit l'âme vers 5 heures du matin.

Dès le lendemain, Lazare se fit conduire à la *camera mortuaria*. Un infirmier en blouse blanche l'emmena devant la dépouille. Sur une civière en acier, couvert d'un drap blanc, reposait le corps de son père. L'homme releva doucement le drap. Le visage apparut. Lazare toucha le front glacé. Les yeux bleus mi-clos fixaient le vide et sa mâchoire restait bloquée sur une expression de souffrance crispée, en une sorte de refus ou bien de dégoût. Il n'aurait su dire. Un détail le frappa. Pendant tout le trajet vers la morgue, il était effrayé à l'idée que quelque chose de vivant – l'*âme* ? – ait survécu, prisonnier de cette carcasse aux membres roides. À présent il en était certain, son père n'était plus dans ce corps rigide et froid. Il ressortit de la chambre mortuaire apaisé.

Son oncle H*, qui vénérait son frère aîné, le supplia de l'attendre et de le laisser nettoyer le corps et procéder aux rites islamiques d'enterrement.

Lazare accepta et négocia difficilement avec l'hôpital un délai pour l'enterrement. Il réussit aussi à convaincre la direction de lui procurer un lieu pour laver le corps du défunt. C'était une grande pièce avec un jet d'eau, un plan métallique sur lequel on déposait les corps pour les laver, et aussi quelques outils chirurgicaux... La porte d'entrée coulissante à commande électronique ne fonctionnait pas bien et il fallut plusieurs minutes avant de pouvoir y accéder. Son oncle avait apporté des linceuls blancs achetés à La Mecque, et des Post-it jaunes sur lesquels il avait griffonné des instructions à suivre pour la toilette et l'habillage du corps.

Le nettoyage commença par la mise à nu. Il n'existait pas de service funéraire musulman dans la région. L'hôpital ne leur avait pas proposé d'aide. Les infirmiers avaient enfilé au défunt une veste de pyjama bleu foncé. Ils tentèrent de la lui retirer mais les membres étaient trop raides à présent. H* prit un scalpel et découpa le vêtement. Ses gestes étaient tendus, l'oncle faillit entailler la main de Lazare d'un mouvement brusque. Enfin, ils le débarrassèrent de l'ultime oripeau. Ils vérifièrent aussi qu'il ne restait aucun morceau de pyjama sur la peau.

Son oncle commença par nettoyer le bas-ventre au jet d'eau. Après avoir enfilé des gants en plastique, il demanda à son neveu de soulever le drap au niveau du sexe pour qu'il puisse passer plus facilement le jet. Pendant qu'il s'affairait Lazare pensait à une chose en apparence absurde. Il se disait que c'était l'unique et dernière chance de sa vie de voir le pénis de son père. Cette idée le troublait. Son oncle continuait de laver le corps, pendant que Lazare le tenait avec fermeté pour lui permettre d'accéder à certaines zones.

La manipulation ne lui posait pas de problèmes ; mais il hésitait à regarder le sexe de son père, envahi par une honte soudaine. La curiosité fut la plus forte. Il souleva un pan du drap et vit le pénis tuméfié. Il était en piteux état. Il rabattit brusquement le drap bleu rêche ; il avait tout de même eu le temps de se rendre compte que le sexe de son père était de taille imposante. En tout cas par comparaison au sien. Il pensa qu'il n'aurait jamais dû faire une chose pareille. Il se dit aussi qu'il devrait vivre avec cette vision.

Pendant l'heure que dura le rituel, il suivit les instructions de son oncle qui tout en continuant les lavements récitait des versets du Coran. La mâchoire posa un problème. Elle était béante. Impossible de la refermer sans l'aide d'une bande de tissu passée autour de la tête qui devait tenir le menton. Pendant cette opération, Lazare gardait la mâchoire fermée avec sa main. Ils répétèrent ces gestes jusqu'à ce que le tissu soit bien noué derrière le crâne et donne un aspect plus décent au visage. Ainsi paré, son père ressemblait à un enfant auquel on aurait pansé la tête. Après avoir essuyé le corps il fut temps de le soulever afin de le porter sur une civière sur laquelle son oncle avait disposé les linceuls rituels de La Mecque. Il y en avait trois, l'un au-dessus de l'autre. En le soulevant Lazare comprit qu'il restait une étrange plaque rectangulaire transparente collée à même la peau. Ils ne l'avaient pas remarquée. L'oncle insista pour la retirer. Il arracha la plaque en tirant fort vers lui ; la peau du dos venait avec la matière plastique et semblait se décoller du corps. La plaque se détacha avec un bruit flasque.

Lazare éprouvait une curieuse tendresse à prendre dans ses bras la dépouille de son géniteur qui ne l'avait jamais laissé s'approcher d'aussi près. Une pensée déconcertante traversa son esprit : le corps de son père lui appartenait maintenant. Il pouvait en faire ce qu'il voulait. Il lui semblait être comme un enfant qui s'amuserait avec son jouet brisé ou avec la carcasse inerte d'un animal mort par sa faute.

À cette idée un sentiment de culpabilité traversa son esprit.

Les trois linceuls blancs attendaient sur la seconde civière. Lazare proposa de la rapprocher afin de pouvoir porter le corps plus aisément. Une fois le corps sur la seconde civière, ils l'enveloppèrent dans le premier linceul en veillant à ce que la tête reste bien dégagée. Le deuxième et le troisième linceul ne prirent que quelques instants à passer. Son oncle enroula ensuite un ruban autour des chevilles et ramena les deux bouts en les nouant solidement. Ils firent de même au niveau de l'abdomen non sans avoir auparavant superposé les bras sur la poitrine dans une attitude de repos.

Il sortit ensuite de son sac un petit livre et une petite amphore en plastique contenant de l'eau camphrée dont il aspergea de quelques gouttes le linceul et le visage. Le tissu retenant la mâchoire se défit de nouveau. Ils se remirent à l'ouvrage et attachèrent tant bien que mal les deux extrémités du tissu derrière le crâne.

Son oncle rabattit le tissu autour de la tête, ce qui donnait à présent l'impression que c'était une vieille femme qui se trouvait sous les linceuls. Dans la tradition musulmane, tout défunt doit être nettoyé et enterré le plus rapidement possible, sauf si la personne est morte au combat. Dans ce cas, il faut l'enterrer sans la nettoyer, avec ses plaies, pour que Dieu puisse reconnaître un combattant.

*

La voix douce de Hyacinthe surprit Lazare. Il s'efforça d'adopter un ton enjoué pour dissimuler son étonnement. Mais le stratagème échoua. Ses silences et ses réponses minimales n'encouragèrent pas la jeune femme à soutenir la conversation.

Ils promirent de se revoir mais savaient tous deux que ce ne serait pas le cas.

Ce sentiment diffus d'être emporté vers un destin qu'on ne comprend pas encore mais que l'on devine confusément… Peut-être était-ce une tragédie ?

Un autre léger brouillard d'azote refroidit une fois encore la température autour de lui pour se volatiliser rapidement dans l'air chaud de la FnacO.

CODE

Sans qu'il y prête attention, ses pas l'avaient mené au fond du magasin vers le rayon littérature. Pendant qu'il parlait avec Hyacinthe, son regard se promenait sur les étagères de livres. Il y en avait tellement... L'atmosphère oppressante était due en grande partie à la configuration du lieu. Le plafond était bas et ce niveau du magasin devait se trouver à une trentaine de mètres sous terre. Un jour, par temps de grande pluie, il y avait même vu de l'eau suinter des murs. De fait, ce sous-sol n'était pas très éloigné de la Seine.

Il hésita comme souvent à acheter un livre de la collection « La Pléiade ».

Ceux qui l'intéressaient étaient toujours les mêmes : Shakespeare, Spinoza, *Premiers écrits chrétiens*, *Don Quichotte*. Il faillit racheter *Par-delà le bien et le mal* de Nietzsche en collection de poche mais ne voulut pas s'encombrer.

En ce début de matinée, la FnacO se remplissait peu à peu. Lazare remonta au premier étage. Délicatement exposés sur le précieux bois noir, les MacBOOk semblaient attendre leurs futurs maîtres comme des chiots dans une animalerie. Après un certain temps passé à essayer divers appareils qu'il connaissait bien, il remarqua qu'un des ordinateurs semblait subir un dysfonctionnement. L'écran s'éteignait pendant une seconde ou deux, puis se rallumait en affichant un écran blanc, sans régularité ni logique.

Il força l'ordinateur à s'éteindre afin de le réinitialiser, mais rien n'y fit. L'appareil continuait à fonctionner au rythme de ces séquences aléatoires. Il passa un long moment à étudier la panne tandis que les gens allaient et venaient autour de lui. Un jeune homme obèse barbu voulut savoir si l'ordinateur avait un problème. Lazare se demanda s'il ne s'agissait pas d'autre chose que d'un dysfonctionnement. Il filma la scène avec son téléphone, sortit du magasin et s'assit sur l'escalier en face du gigantesque Swastika. L'air était doux. Il voulait s'assurer qu'il n'avait pas été victime d'une hallucination. La séquence était bien là, enregistrée sur son portable. Il tenta de comprendre les signaux lumineux. Pendant quelques minutes, il chercha sur internet une information susceptible de l'aider à traduire le message, puis il renonça.

Il n'était pas pressé et préférait se promener dans Paris.

*

Il quitta la Canopée, longea la rue Berger, emprunta un petit bout de la rue du Louvre et continua son chemin sur la droite vers le quartier Montorgueil. Il dépassa l'église Saint-Eustache qui, comme toutes les églises, n'arborait pas de Swastika. Après la rue du Jour, il prit sur la droite, dans la rue de Turbigo en direction de République.

Au croisement de la rue Bachaumont et de la rue Montorgueil, une plaque commémorait la mémoire d'un cordonnier et de Jean Diot, son domestique, tous deux brûlés en place de Grève, le 6 juillet 1750, pour homosexualité. Au milieu de la rue Bachaumont, une clinique privée où Lazare avait été opéré de l'appendicite dans sa jeunesse. Un souvenir assez désagréable. Huit longs jours à souffrir dans une salle commune avec d'autres patients plus âgés que lui. Il était passé à deux doigts d'une péritonite, raison pour laquelle on l'avait gardé en observation si longtemps.

C'est peu de temps après qu'il avait trouvé un message étrange dans le métro.

Lazare était seul, au chômage, déprimé. Un soir, à l'intérieur d'une rame, assis sur un des strapontins du fond, éclairé par la lumière glauque des néons, il avait remarqué un petit objet coincé dans une rainure métallique qui lui faisait face. Il avait tendu la main pour dégager la chose qui, après plusieurs tentatives, était tombée à terre. Il s'agissait d'un bout de papier enroulé et serré comme un parchemin. Il l'avait déroulé, et à sa grande surprise une phrase, rédigée dans une écriture minuscule, était apparue : « *La plus grande erreur qu'un homme puisse faire est d'avoir peur et de ne pas agir en croyant qu'il ne sert à rien d'agir.* »

Pendant longtemps, il avait attribué ces mots à Henri Bergson que l'auteur du message mentionnait, mais n'avait rien trouvé sur cette citation. La plus proche était signée L. Ron Hubbard, le controversé fondateur de l'Église de scientologie.

Lazare voyait un lien évident avec ce qu'il venait de vivre à la FnacO et cet épisode de sa jeunesse. Il n'était pas superstitieux et envisageait la vie d'une manière rationnelle. Mais, à bien y penser, c'était tout de même troublant. Qui avait écrit ce message ? Qui l'avait dissimulé ainsi ? Un hippie, un idéaliste ? Peu importe, la découverte de ce petit rouleau de papier à un moment de désespoir complet l'avait bien aidé. Il y pensait souvent.

La rue Bachaumont, anciennement passage du Saumon, était l'une des plus réputées du quartier. Large, calme et piétonnière, elle débouchait à la fois sur la rue Montmartre et ses cafés, et, à l'autre extrémité, sur la rue Montorgueil. Son marché animé mélangeait bars et commerces pour jeunes bobos.

Les croix gammées étaient partout. Peut-être agissaient-elles comme un marqueur, un signe qui révélait la nature profonde du commerce, la charge négative contenue dans toute transaction ?

Il était curieux que certains endroits et certaines choses n'aient pas été soumis au pouvoir du Symbole. Les églises et lieux de culte bien sûr mais aussi, paradoxalement, les librairies indépendantes. Les endroits où on ne vendait que des livres échappaient au pouvoir commercial du Swastika.

Les libraires avaient bien sûr essayé de l'utiliser pour doper leur chiffre d'affaires, mais ils y avaient renoncé au vu des maigres résultats.

En arrivant au croisement de la rue de Turbigo et du boulevard de Sébastopol, Lazare remarqua que le ciel dégagé, d'un bleu limpide, laissait place à un dôme nuageux, fragmenté, irisé, rayé d'étincelantes lignes de lumière amarante qui se jetaient en vrac sur les trottoirs gris, en éblouissant les passants. Lazare s'élança pour traverser le boulevard mais s'arrêta soudain, sidéré. Un Range Rover noir récent, aux vitres fumées, freina trop tard et percuta une jeune femme d'une vingtaine d'années. Le sourd impact du choc figea Lazare. Il regarda le corps projeté dans les airs, puis la chute de la malheureuse. Mais le corps ne retomba pas sur la chaussée. Il resta en suspension au milieu des stries de couleurs lumineuses provenant des nuages au-dessus d'elle. Le temps s'était arrêté.

Il s'approcha de la jeune fille et réalisa qu'elle n'était pas tout à fait en suspension. Un mouvement très lent la ramenait vers le sol. Lazare regarda autour de lui, mais rien ni personne ne bougeait. Ils contemplaient tous la fille avec gravité, mais leur expression figée indiquait qu'ils étaient eux aussi soumis à un puissant ralenti.

Lazare s'approcha davantage de la fille.

« Est-ce que vous m'entendez ? » demanda-t-il.

Elle ne répondit pas. La même question, de nouveau ; aucun mot ne filtrait des lèvres de la jeune femme. Elle était belle, plus jeune que ce que Lazare avait imaginé. Dix-sept ou dix-huit ans, sans doute. Il se déplaça autour d'elle. Le corps avait progressé d'un mètre vers le bitume. Il chercha le moyen d'arrêter le mouvement, tout du moins d'amortir le choc. Il se posta devant elle les bras ouverts. Mais l'infortunée adolescente le traversa doucement. Le corps se rapprochait de la chaussée ; les stries de lumière accompagnaient le mouvement de descente en se courbant.

Lazare fit un pas de côté. Lorsque le corps toucha le sol, le son des infrabasses provenant du Range Rover envahit l'espace. La vitesse était redevenue normale, les paroles agressives qui jaillissaient de l'habitacle du véhicule semblaient cadencer la scène comme un chant funèbre.

Le chauffeur finit par baisser le volume et sortir de son véhicule. Son teint était aussi blanc que sa belle chemise repassée ; il portait aussi un haut de jogging AdidasO, un jean reconditionné de marque ApcO, et une barbe de trois jours. Il ressemblait à un homme politique, en plus exécrable encore. Certainement un businessman de la nouvelle économie. Il arborait, ceinte par un épais bracelet de cuir noir, une Rolex en or ornée de magnifiques Swastikas. L'eCall du Range Rover était activé et les secours ne tarderaient pas. L'homme s'approcha de la jeune fille apparemment morte sur le coup, tout en battant les bras sur ses flancs en un geste d'incompréhension et en répétant cette phrase :

« Le C-V2X ne s'est pas enclenché ! Le C-V2X ne s'est pas enclenché ! »

L'accidentée reposait sur le bitume, une joue contre le sol. Un filet de sang s'échappait de ses cheveux. Les stries lumineuses avaient disparu ; le ciel était de nouveau d'un bleu pur.

Lazare n'attendit pas les secours. Il fila par la rue Réaumur en direction de République. Il était bouleversé, et avait besoin de se reposer. Il opta pour la terrasse d'un café : les Arts et Métiers.

Quoique très bruyant, l'endroit n'était pas déplaisant. Il commanda un COca-COla servi avec des petits glaçons imbibés de grenadine rouge en forme de croix gammée – très populaires chez les jeunes –, et tenta de mettre de l'ordre dans ses idées.

À seize ans il avait expérimenté le LSD. Les quelques heures qui venaient de s'écouler ressemblaient un peu à l'un de ses trips d'adolescent.

Il pensa à son ami Pierre qui suivait une cure dans un centre d'addictologie non loin de là, près de la rue Saint-Denis, pour l'aider à se débarrasser de sa dépendance à l'héroïne de synthèse qui faisait des ravages depuis quelques années. Il n'avait plus de nouvelles de lui depuis le début de sa cure.

Le *Président Français* avait lancé contre la drogue une guerre qui donnait quelques résultats. La promulgation d'une nouvelle loi, un permis légal de tuer les dealers, avait provoqué de profonds désordres. Ce n'était pas une idée originale : le Président Philippin Duarte l'avait déjà tentée quelques années plus tôt sans trop de réussite, mais ça semblait mieux fonctionner en France.

Lazare appela Pierre – sans succès. Il se dit qu'il allait lui rendre visite. Il revint sur ses pas et traversa le boulevard de Sébastopol à l'endroit où avait eu lieu l'accident. Aucune trace du choc. Lazare chercha les marques de sang sur le sol. Rien. La rue Saint-Denis se trouvait quelques mètres plus loin. Il entra dans le Centre 101 et demanda à voir son ami. Pierre n'était plus là. Il avait achevé sa cure. Sa mère était venue le chercher pour l'emmener dans le Midi.

Surpris par sa propre audace, Lazare voulut rencontrer un psychiatre, en prétextant un problème de drogue. Au bout d'une vingtaine de minutes d'attente, un homme d'une cinquantaine d'années, partiellement chauve et de forte corpulence, la mine soucieuse, le reçut dans un petit bureau aux murs blancs et décorés de paysages champêtres aux couleurs passées. L'homme était imposant et ressemblait davantage au surveillant d'un hôpital psychiatrique qu'à un médecin.

Son visage sévère et ses petits yeux gris faisaient penser à ceux du philosophe Schopenhauer, ce qui n'était pas très rassurant.

Lazare remarqua l'absence de Swastika dans l'établissement.

« Je ne viens pas pour un problème d'addiction », dit-il.

L'homme le regardait sans ciller.

« En quoi puis-je vous aider alors, *cher monsieur* ?

— J'ai assisté à un accident dans la rue tout près d'ici, et je ne me sens pas bien.

— Un accident ? »

Le psychiatre essayait de comprendre à qui il avait affaire.

« Sur le boulevard de Sébastopol. »

Le *cher monsieur* employé par Schopenhauer troubla Lazare. Il sonnait faux.

« Avez-vous besoin d'un soutien psychologique ?

— Je me sens bizarre. J'ai l'impression que j'ai des visions, des hallucinations ; et pourtant je ne prends aucune drogue. »

Le médecin lui demanda s'il avait récemment fait une dépression ou subi un choc nerveux.

« J'étais un peu déprimé l'année dernière, mais rien de très sérieux.

— Quel genre d'hallucinations avez-vous eu ? »

Lazare lui parla des phénomènes qui avaient eu lieu dans la FnacO ainsi que de l'accident du boulevard de Sébastopol.

Schopenhauer resta un moment silencieux puis lui dit avec un soupir un peu las :

« Cher Lazare2325, vous devriez consulter un psychiatre adapté à votre cas et vous reposer. Ces phénomènes surviennent parfois lors de grands chocs émotionnels. Ne vous inquiétez pas. Ici, nous nous occupons de tout autre chose. »

Le psychiatre mit fin à l'entretien tout en insistant sur la nécessité de bien prendre les médicaments qu'on lui prescrirait. Il faisait allusion aux pilules numériques. Depuis quelques années, une génération de nouveaux traitements équipés de capteurs dégradables pouvaient, *via* un smartphone, envoyer un signal à un médecin. Le but était de contrôler la prise et l'effet des pilules prescrites. On les utilisait dans le traitement de la schizophrénie et des maladies mentales. C'était une façon nouvelle de surveiller les potentiels auteurs d'attentat. En particulier ceux qui avaient été diagnostiqués paranoïaques et devaient suivre un traitement intensif ou être internés. Les nouvelles lois antiterroristes rendaient la vie dure aux personnes souffrant de troubles mentaux.

Le téléphone sonna. Pendant que l'homme parlait, Lazare laissa son regard errer sur les photos champêtres sur les murs. Il fut attiré par l'écran d'ordinateur du psychiatre et remarqua des séquences lumineuses semblables à celles qu'il avait vues à la Fnac des Halles.

Il quitta la clinique sans un mot.

*

La chaleur du soleil printanier s'installait doucement dans les rues grises et minérales de Paris. La vie redevenait simple, surtout en cette première journée d'ensoleillement. Ensuite, les complications humaines reprendraient le dessus. Il repensait aux flashes aperçus sur l'ordinateur du psychiatre. Le « docteur Schopenhauer » s'était montré pressé de se débarrasser de lui. Ça ne l'étonnait pas. Il avait certainement autre chose à faire que de s'occuper de simples états d'âme.

Le problème des drogues était devenu un enjeu mondial. L'anxiété généralisée de la société favorisait l'utilisation de stupéfiants et des nouvelles drogues de synthèse. En France, le débat avait tourné au vinaigre lorsqu'un bus itinérant, dédié aux fumeurs de crack et affrété par la mairie de Paris, avait percuté un groupe d'enfants de maternelle en excursion. L'incident avait causé la mort de douze gamins. L'enquête révéla que le conducteur avait été agressé lors d'une bagarre à l'intérieur du véhicule. Le drame facilita la mise en place de la loi « Dealer » voulue par le Président. De nombreuses solutions thérapeutiques furent mises en place. Une des plus originales était la « chambre calmante ». Cette pièce disposait d'une sorte de brumisateur qui diffusait des anxiolytiques de dernière génération. Obligation de rester pendant une heure par jour seul dans une pièce dédiée à la cure. Au bout d'une heure le patient « calmé » pouvait reprendre le cours de sa vie sans craindre de se retrouver dans un état de manque. On pouvait reconnaître les toxicomanes « traités » à leur allure lente et à leurs têtes qu'ils portaient droites comme s'ils marchaient sur les flots. Les adolescents n'avaient pas tardé à les surnommer « Jésus-Z » : « Jésus » pour l'attitude, Z pour « zombie ».

La rue de Bretagne était envahie de touristes et de Swastikas. Des militaires du « Plan Vigie 8 » se déployaient lentement, par groupes de trois. Un Camion noir se trouvait à l'arrêt à l'entrée de la rue de Turenne.

Lazare passa devant, cherchant à apercevoir le conducteur, mais les vitres obscurcies à quatre-vingt-dix pour cent empêchaient toute intrusion visuelle. C'était un engin impressionnant. Plus de trois mètres de haut. On avait le sentiment d'être en face d'un aurochs noir. Malgré les lois limitant le bruit dans Paris, le véhicule, même au ralenti, développait un nombre de décibels important. Il était censé être entièrement électrique. Lazare ne comprenait pas ce que faisait ce camion au coin des rues de Turenne et de Bretagne.

Quelques mètres plus loin, une forme à l'intérieur d'une vitrine attira son attention.

Il se rapprocha et crut apercevoir Hyacinthe. Il entra dans le magasin de chaussures de sport haut de gamme et se dirigea naturellement vers elle.

« Hyacinthe ? C'est toi ? Tu travailles ici ? »

Elle ne répondit pas. Elle regardait fixement devant elle. Elle ne bougeait pas, même ses yeux ne cillaient pas. Était-ce elle ?

« Pourquoi tu ne bouges pas ? » demanda Lazare.

Une voix s'éleva en lui. C'était celle de la jeune femme. Peut-être de la télépathie.

« *Je ne peux rien faire, je suis neutralisée. La célébrité et le marché régulent mes pensées.*

— Pourquoi me dis-tu ça ? »

La voix de Hyacinthe était lente et déformée. Il ouvrit la bouche pour lui répondre mais se ravisa : il ne savait pas quoi lui dire. Les yeux de Hyacinthe le fixaient, immobiles, pareils à ceux d'un serpent.

« *Tu ne comprends rien, Lazare, et tu ne comprendras peut-être jamais rien. Nous sommes de passage, ça tout le monde le sait, mais le "Tnegra", lui, n'est pas de passage, et son déploiement est enfin achevé.* »

Les paroles étranges et robotiques de Hyacinthe semblaient provenir d'un jeu vidéo.

« Je ne savais pas que tu travaillais ici. »

Un sourire se dessina très lentement sur son beau visage aux yeux verts. La voix se déforma un peu plus en accentuant les intonations graves. Lazare croyait en reconnaître le timbre modifié.

« Contrairement à ce que l'on pourrait penser, nous ne sommes pas les anges exterminateurs du capitalisme et de la société. Nous n'en sommes pas la fin. Nous en sommes l'origine. Un vigoureux renouvellement.

« Nous sommes l'émergence d'une nouvelle superstructure sociale, violente et hiérarchisée, sur laquelle les nouvelles perspectives d'accroissement des profits de l'e-économie viendront progressivement s'adosser.

« Des contremaîtres d'un nouveau type. Surveillants concentrationnaires et tortionnaires de la e-société, décidés à protéger vaille que vaille nos intérêts contre ceux qui ne sont pas d'accord avec nous. »

Il reconnut la voix. C'était la sienne, enfin presque.

Lazare finit par lui demander :

« À qui parles-tu ? »

Pas de réponse. Elle le fixait, menaçante, ralentie.

« Les proies ont une vision globale pour surveiller un environnement vaste alors que les prédateurs ont une vision plus restreinte mais beaucoup plus précise. Grâce à la macula, ils ciblent plus précisément... Viens, entre dans mon œil, tu verras comment je traque et vois. »

Il était dans l'œil de Hyacinthe. Lazare s'y observait à présent comme dans un miroir. Son nez partait sur la gauche, ses yeux marron en forme d'amande, ses sourcils réguliers n'exprimaient pas grand-chose. Il pensa à sa mère qui redessinait son visage sur les rares photos qui lui étaient parvenues de son enfance. Pourquoi sa mère reprenait-elle au stylo son nez et son menton ? Il ne saisit que bien plus tard le sens odieux de ses rectifications.

À travers les pupilles de Hyacinthe, il constata qu'elle avait une tout autre vision de lui.

Il se pensait filiforme et agile, voire musclé. Dans le regard de la jeune femme, il était plus épais, surtout de profil, et ses gestes semblaient gauches. Elle le voyait donc maladroit et flasque. Il se transforma ensuite en une sorte d'objet tridimensionnel fait d'innombrables polygones et de triangles. « Je lui apparais comme une modélisation graphique. » Lazare ne se reconnaissait plus, il était un autre. Le nez était droit, le menton plus large, les yeux verts comme ceux de Hyacinthe, l'implantation des cheveux plus en avant, les lèvres plus charnues.

« Ce n'est plus moi, Hyacinthe, ton œil voit quelqu'un d'autre.

— *N'a-t-on pas le droit de percevoir différemment le corps de l'"autre" ? Et ne faisons-nous pas tous ce que faisait ta mère ? Nous surveillons notre environnement et nous l'ajustons à notre goût. Ces modifications sont essentielles pour pouvoir aimer.*

— Oui, mais ce n'est plus moi, c'est une modification artificielle. Tu ajustes mon apparence à ton goût personnel. La réalité ne te suffit pas ?

— *C'est ainsi que je veux te voir, il ne faut pas m'en vouloir.*

— Je ne t'en veux pas.

— *La modification du corps est un paramètre majeur du futur marché. Les nouveaux corps "préparés" seront bientôt source de profit.* »

Elle se tut puis d'une voix traînante ajouta :

« *Lorsque tu partiras d'ici, ne te retourne pas. Tu as deux mille huit cent vingt-quatre jours de vie encore.* »

Le sourire à peine esquissé s'élargit. Et il entendit de curieux sifflements.

Lazare observa la jeune femme : elle riait. La rangée des dents supérieures et aussi celle des dents inférieures étaient découvertes, signe d'insincérité. Mais aucun son ne sortait de sa bouche. Lazare recula vers la porte d'entrée, renversant une paire d'AdidasO aux nombreux Swastikas. Hyacinthe referma la bouche et fixa Lazare d'un regard froid.

Avant de sortir du magasin, Lazare crut apercevoir de minuscules serpents qui gigotaient dans la chevelure de Hyacinthe.

*

Sur les trottoirs, le nombre de badauds augmentait à mesure que l'on se rapprochait de la place de la République. Beaucoup de jeunes, mais aussi des personnes plus âgées et des couples avec des enfants marchaient dans la même direction. En longeant le boulevard Beaumarchais, la foule devenait considérable et se dirigeait en silence vers le centre de la place.

Lazare se faufila entre divers groupes sans comprendre ce qui attirait là un nombre aussi considérable de personnes. Depuis l'avènement du Swastika, les manifestations politiques avaient disparu.

Lazare s'approcha de la statue représentant la République. Peut-être n'était-ce pas une manifestation. Un concert ? Aucune scène n'était dressée. La foule se faisait dense. Il tenta de rebrousser chemin vers l'extérieur de la place et se heurta à une masse de plus en plus compacte qui l'empêcha de revenir en arrière. Il regarda autour de lui ; il serait bientôt immobilisé lui aussi. Quel imbécile ! Il voulut rejoindre la statue. Impossible d'avancer, les mouvements de la foule devenaient imprévisibles. Elle tanguait tantôt dans une direction, tantôt dans l'autre, entraînant avec elle des dizaines d'hommes et de femmes incapables de résister aux poussées soudaines de la multitude. Au bout de quelques minutes la chaleur produite par la promiscuité des corps l'inquiéta. Il étouffait. Les mouvements désordonnés des gens provoquaient chez les plus fragiles de l'affolement. Collé à lui, le dos d'un homme de très haute taille l'empêchait de respirer. Lazare redoutait l'asphyxie. Les plus bas instincts réapparaissaient. Dans ce genre de situation l'agressivité remontait des tréfonds de l'âme.

Lazare craignait de s'évanouir dans la foule. Ses jambes avaient du mal à le porter. Il regardait le ciel clair du printemps. Il aurait été si simple de s'extirper de cet enfer en s'élevant de quelques centimètres au-dessus des autres.

L'homme contre lequel était collé Lazare portait une veste noire avec un grand Swastika brodé sur le dos. Au gré des mouvements de la foule, Lazare heurtait son large dos, et, fermement maintenu par la pression des autres corps, son visage se retrouvait plaqué contre la croix gammée brodée. Il souffrait d'un asthme léger et le souffle lui manquait.

Une mère et son enfant âgée d'une dizaine d'années se tenaient près de lui. Lazare se demanda comment elle allait faire pour protéger sa petite fille. Il n'eut pas le temps d'y réfléchir davantage. Une bousculade le porta vers le début de la rue du Faubourg-du-Temple. Les poussées irrégulières de la foule ne menaient nulle part. Lazare ne savait pas comment se sortir de là. Il avançait péniblement en direction du trottoir qui semblait proche, mais lorsqu'il gagnait quelques centimètres c'était pour reculer d'autant.

La chaleur des corps serrés excitait les instincts meurtriers. Partout des regards enfiévrés cherchaient comme lui à s'échapper. Lazare entendit des cris derrière lui.

Une voiture du Samu fendait la foule à petite vitesse. « Par ici ! Une vieille dame s'est évanouie ! » Ou encore : « Mon enfant étouffe, s'il vous plaît, aidez-moi ! » L'ambulance s'arrêta, cernée par la foule silencieuse. La porte latérale du véhicule s'ouvrit avec lenteur. Un jeune infirmier aux cheveux roux et barbu apparut devant les gens qui se pressaient autour du véhicule. Il observait la foule avec l'air interdit d'un enfant débarqué par hasard sur le lieu d'un crime.

Il y eut d'abord un étrange silence autour de l'ambulance, puis un murmure grandissant de la foule et les appels à l'aide et les cris recommencèrent. Le jeune homme ne savait pas comment réagir. Les insultes ne tardèrent pas : « Enculé, vas-y ! Fais-moi monter ! » Un homme au crâne rasé attrapa l'infirmier par le bras et l'attira à lui, ce qui le fit chuter. D'un geste vif, un deuxième infirmier referma la portière derrière lui, abandonnant son collègue. La foule se déchaîna alors sur l'ambulance. Lazare crut apercevoir un bras tendu droit vers le ciel, armé d'un couteau.

Ses jambes vacillaient, son corps tremblait. Il ne tiendrait plus très longtemps. Il tenta de rejoindre la bouche de métro quelques mètres plus loin ; mais un tel exploit était au-dessus de ses forces. Il en était empêché par ceux qui se lançaient dans la même direction et n'y parvenaient pas plus que lui. Trois petits mètres se transformaient en un océan infranchissable. En tentant une nouvelle percée vers l'entrée du métro, il sentit la chaleur et la fatigue augmenter. Un vertige violent le déséquilibra, ses jambes tressaillirent et il sombra dans un obscur sopor.

Il entendit néanmoins une voix avant de s'évanouir :

« *Dans le Funnel (l'allée où elles étaient parquées avant d'être assassinées) les femmes devaient attendre. Lorsqu'elles entendaient le bruit des moteurs des chambres à gaz, elles étaient submergées par l'angoisse…*

— *L'angoisse de la mort fait que les entrailles se relâchent. Les femmes se vidaient… Du premier rang jusqu'au dernier. Là où les femmes se tenaient, il y avait souvent cinq ou six rangs d'excréments.*

— *Devaient-elles rester debout ?*

— *Non, elles pouvaient aussi s'accroupir. Je ne les ai pas vues, j'ai juste vu les excréments.*

— *Et cette angoisse…*

— *Lorsque cette angoisse se produit… l'être humain se soulage… C'est un fait bien connu que lorsque quelqu'un est terrifié et sait qu'il va bientôt mourir… ça peut arriver dans un lit… Ma mère à genoux…* »

Silence.

« *Votre mère… ?*

— *Oui. Après, il y avait un gros tas… C'est un fait, ça a été prouvé… Médicalement*[1]*…* »

1. Extrait du film *Shoah* de Claude Lanzmann.

LA NATURE

Il se réveilla debout au milieu d'un champ de blé. C'était le matin vers la fin de l'été. De petites colonies de bleuets, disséminées çà et là, marquaient la limite imprécise des champs moissonnés. De grands rouleaux de paille éparpillés dans l'étendue jaune et or se détachaient dans le ciel d'un pur bleu *électronique*. L'air immaculé de la campagne *électronique* (Lazare se demandait pourquoi le mot *électronique* lui venait alors qu'il ne l'avait pas sollicité) effleurait sa peau avec une légèreté sensuelle. Aveuglé par le soleil qui le réchauffait agréablement, il examinait la nature avec attention.

Au bout d'un champ, à courte distance d'une haie d'arbres exhalant une odeur dense et sauvage, un gros engin mécanique se tenait immobile, moteur en marche. Lazare s'approcha de la moissonneuse-batteuse, avançant d'un pas prudent dans les sillons de terre ocre. Le bruit du moteur devenait assourdissant. L'engin, un *John Deere série W* de couleur vert bouteille, constellé de petits Swastikas, demeurait immobile, malgré les barres de coupe frémissantes et prêtes à l'action. Certains modèles pouvaient déployer une puissance de six cents chevaux. Les reflets du soleil sur le pare-brise empêchaient Lazare de bien distinguer l'intérieur de l'habitacle. Après avoir effectué un demi-cercle sur le côté droit, il réussit à se rapprocher de la moissonneuse. Un homme se trouvait à l'intérieur de l'habitacle, juché à deux mètres du sol. Âgé d'une cinquantaine d'années, l'homme regardait l'horizon sans bouger ; le teint rougeaud, les traits marqués par une vie au grand air, il semblait être perdu dans ses pensées. Lazare se rapprocha. L'homme, de corpulence robuste, vêtu d'une chemise à carreaux et le cou ceint d'un foulard blanc à Swastika, ne bougeait pas. Arrivé au pied de la cabine, Lazare s'apprêtait à crier pour attirer l'attention de l'homme lorsqu'il remarqua des larmes sur les joues de l'agriculteur. Il aperçut aussi un revolver noir reposant sur le siège près de l'homme avec l'inévitable Swastika incrusté des deux côtés de la crosse.

Effrayé par la présence de l'arme, il renonça à le héler.

Il s'éloigna en pressant le pas. Rassuré, il emprunta un petit chemin qui zigzaguait à travers la campagne. Le sentier passait non loin d'une grande ferme. Le soleil de midi dispensait sa paisible chaleur. Lazare, sans trop réfléchir, se dirigea vers les bâtiments aux toits en tuiles anciennes. Il pensait au possible drame qui se déroulait non loin de cette ferme paisible. Le conducteur de la moissonneuse habitait-il là ? Devait-il prévenir les gens de ce qu'il avait vu ?

Il entra dans la cour par un large portail en bois ocre et appela d'une voix hésitante… Pas de réponse ; sans doute étaient-ils tous au travail, ou bien ne l'entendaient-ils pas ?

La chaleur devenant plus forte, il se mit à l'abri sous un porche. Il appela une fois encore ; pas davantage de réponse. Il s'assit à l'ombre sur un rebord de fenêtre. Il n'y avait pas de chien de garde, ce qui semblait tout de même inhabituel. Rêvait-il ? Qu'est-ce qui pouvait lui faire croire que ce qu'il avait devant lui était la réalité ? Depuis la FnacO, sa vie n'obéissait à aucune logique. Les événements successifs s'apparentaient à un mauvais rêve.

La chaleur le desséchait. Il se leva et se mit en quête d'eau. La ferme était déserte. À part l'agriculteur de la moissonneuse il n'y avait personne. Il s'enhardit, s'approcha de l'entrée de la maison, frappa à la porte et pénétra à l'intérieur. Les vieux murs épais et solides protégeaient efficacement de la chaleur. C'était une cuisine avec en son centre une table en chêne rustique sur laquelle étaient posés le manuel d'utilisation de la moissonneuse *John Deere* ainsi qu'un pain de campagne à l'épaisse croûte à demi découpé en fines tranches. Il y avait aussi une carafe d'eau entourée de verres dépareillés. Lazare se précipita sur la carafe et se servit plusieurs fois. Sa soif étanchée, il observa la cuisine autour de lui. L'endroit n'était pas bien éclairé ; le peu de lumière et les meubles rustiques et sombres ne favorisaient nullement sa tâche. Son regard s'arrêta sur le fond noir de la pièce, qu'il ne distinguait pas bien. « Une étrange pénombre », se disait-il. En avançant de quelques pas, il remarqua qu'une imperceptible poussière en suspens mélangée à l'absence de lumière saturait l'air comme un essaim de petits insectes luisants. Une lumière noire scintillante.

Une fois de plus des mots se présentèrent à lui : *super-organisme*, *intelligence en essaim*, *puces RFID*, *Ubiquitous Computing*, *bruit numérique*.

Tous ces termes, Lazare les connaissait bien, sauf le *bruit numérique* qui ne lui disait rien. Puis la mémoire lui revint. Le « bruit numérique » est la présence d'informations parasites qui s'ajoutent de façon aléatoire aux détails d'une scène filmée numériquement. Le phénomène est surtout visible dans les zones peu éclairées, mais aussi dans les parties uniformes telles qu'un ciel bleu. Il a pour conséquence la perte de netteté dans les détails. Le ciel au-dessus des champs correspondait en tout point à cette description. Dans la pénombre de la pièce Lazare percevait d'une manière plus nette le phénomène parasite. Les photons négatifs virevoltaient en l'air comme une culture de bacilles sous un microscope. Fasciné, il observait ce vide *sombre et flou*.

Il appela encore une fois. Personne ne lui répondit. Un mélange de peur et d'anxiété l'incita à partir. Il quitta les lieux, préférant la campagne, même *bizarre*, à cette pièce ténébreuse et s'engagea sur le chemin qui passait devant la ferme. Après avoir suivi une petite route de terre, il aperçut un homme qui tenait une bicyclette à la main et marchait dans sa direction.

Lazare l'arrêta. Le vélo était un modèle à assistance électrique.

« Bonjour, monsieur, vous habitez ici ? Je suis perdu. »

L'homme, un septuagénaire, portait une moustache grise et un chapeau décoré d'un beau et grand Swastika. Il fixa longtemps Lazare avant de lui répondre d'une voix assourdie par l'âge :

« Oui, je suis du coin…

— J'aimerais savoir par où je pourrais rejoindre Paris.

— Paris ? »

L'homme semblait étonné.

« Vous savez où vous êtes ? Ici, c'est la Beauce ! »

Lazare hésita avant de lui répondre. L'homme plutôt enrobé lui rappelait, avec sa barbe et ses yeux de chien battu, un ancien ministre de la Justice.

« Est-ce qu'il y a une gare, des bus, dans le coin ? »

L'homme réfléchit à son tour.

« Oui, un bus ! Vous pouvez l'attendre un peu plus loin, tout au bout du chemin sur la départementale. Il vous emmènera à Chartres. De là vous pourrez prendre le train pour Paris. »

Chartres ? Une heure plus tôt il étouffait dans une manifestation au centre de Paris, et voilà qu'il se retrouvait au milieu des champs, dans une campagne étrange aux environs de Chartres.

Il remercia l'homme et continua sa route.

*

C'était une journée radieuse. Sur sa droite, le chemin était bordé de grands chênes rouvres dont l'épais feuillage le protégeait du soleil. L'abondante frondaison laissait passer par endroits des rais de lumière phosphorescents qui se dispersaient en une multitude de points lumineux, et venaient se briser sur les fragiles rétines de Lazare qui détournait le regard pour ne pas en être incommodé.

Sous la canopée, à cette heure de la journée, l'évaporation des dernières gouttes de rosée sur la surface des feuilles se condensait délicatement en imperceptibles nuages et lui brouillait la vue. Ce phénomène optique lui rappelait sous une autre forme le *bruit numérique* qu'il venait d'observer dans la ferme déserte. Mais à l'inverse de l'autre, obscur et ténébreux, celui-ci était net et précis : cet endroit déclencha en lui une fugitive euphorie sexuelle. Lazare avait remarqué que certains cadres naturels provoquaient chez lui un accès de désir. Il ne s'agissait pas à proprement parler d'une érection, mais d'un simple frémissement de la chair. Un léger tremblement d'optimisme qui compensait l'absence de conviction profonde.

Le mécanisme n'était pas facilement explicable. Les mots lui manquaient quand le processus se produisait. Depuis l'apparition du *business Swastika*, le langage s'était d'ailleurs progressivement métamorphosé en un pidgin technique répondant aux besoins immédiats de la société. Il fallait *simplifier*. Tout. Le langage, les moyens de communication, les rapports entre les êtres et la nature. Les émotions aussi. Les émojis avaient envahi le champ lexical : il ne fallait pas perdre trop de temps avec des descriptions inutiles. Les phases de la séduction humaine avaient été réduites au profit d'une automatisation accélérée des rencontres. Là, dans la Beauce, Lazare était loin de cette agitation ; il eut le désir de s'enfoncer dans le sous-bois avec l'espoir d'y trouver une rivière ou un ruisseau. En marchant, il sentait son sexe se relever et durcir légèrement. Était-ce la sève brute tout autour, silencieuse, composée d'eau et de minéraux qui agissait en lui ?

Il progressait à pas lents, observant la nature au-dessus de lui, s'amusant à essayer d'identifier les formes asymétriques des arbres « non dominants » (c'est ainsi qu'on nomme, dans la compétition pour la lumière, les espèces qui n'ont pas d'accès direct au soleil et qui s'organisent donc en « étages » et en « sous-étages »). Au cœur de l'ombre, l'opacité et la compacité du houppier ainsi que la moiteur de l'atmosphère témoignaient de la vitalité de cette petite forêt de chênes et de hêtres.

Il finit par découvrir, derrière des buissons et un fouillis de jeunes plantes, un ruisseau qui se déversait lentement vers un étang ou une petite rivière. Le courant modéré et la faible profondeur encouragèrent Lazare à entrer dans le ru. Il resta ainsi quelques minutes à profiter de la fraîcheur de l'eau pure autour de ses mollets. Le réfléchissement faible à la surface des flots variait sensiblement quand le feuillage des arbres se déplaçait, poussé par une légère brise, soulevant pendant quelques secondes les frondaisons au-dessus de lui et provoquant un bruissement à peine perceptible. Des reflets inattendus éblouissaient Lazare qui soustrayait son visage aux traits luminescents par un mouvement circulaire de la tête.

La rivière et ses vifs éclats de lumière embrasaient ses sens.

Il se rappelait ces vacances d'été passées en Suisse, dans la maison où vivaient sa grand-mère et sa tante. Une seule chambre pour tout le monde : il dormait sur un canapé-lit avec son aïeule pendant que sa sœur, de deux ans son aînée, s'étendait sur un matelas au pied du lit où reposait leur mère. Sa tante s'exilait sur un petit lit pliable dans une minuscule cuisine au bout d'un étroit couloir sombre. Dans la chambre, il avait beau ouvrir les yeux, il ne voyait rien.

Le matin, très tôt, il était jeté dehors par les quatre femmes qui s'affairaient à remettre en place les meubles pour la journée. La lumière soudaine l'aveuglait parfois pendant plusieurs minutes avant que ses yeux ne puissent s'habituer aux rayons du soleil. Il repensait régulièrement à ces moments solitaires dans l'attente qu'on revienne le chercher pour le petit déjeuner. Il se remémora particulièrement son aveuglement temporaire lorsqu'il passait de l'obscurité de la chambre à la lumière du jour. Il n'aimait pas ce moment car on le forçait à sortir de son lit, mais il n'avait plus jamais retrouvé cette impression de pureté et de légèreté qu'il éprouvait là, assis sur les marches humidifiées par la rosée. Ce n'était qu'un endroit désert au bout d'une impasse mais c'était le sien.

La chambre de sa grand-mère donnait sur un jardin qui avait la particularité d'être surélevé, imprégnant les murs d'humidité. Ce jardin était accessible par une large fenêtre que Lazare enjambait dès son arrivée. Au bout de ce jardinet il adorait escalader un petit mur de béton qui donnait sur un chemin goudronné. Celui-ci s'achevait par un grand escalier quart tournant en métal qui ramenait Lazare devant l'entrée de l'immeuble de sa grand-mère. Des mûres sauvages poussaient sur ce petit muret de béton, et de l'autre côté de ce jardin s'étendait un champ. En pleine ville, il existait encore un agriculteur qui cultivait des légumes et des fruits, juste derrière la gare. Les mûres sauvages que Lazare cueillait et mangeait avec avidité dès qu'il arrivait chez sa grand-mère devaient certainement provenir de ce potager. Ce lieu revenait sans cesse dans ses rêves. Il prenait son élan, dévalait la pente raide et s'envolait dans les airs, vers le lac qui se trouvait au loin, comme dans une descente aérienne infinie et libre.

Dans la rivière, Lazare, la respiration haute et soutenue, se retrouvait au sein d'une nature bienveillante et sensuelle. Sans doute était-ce un rêve, mais qu'il était plaisant ! Son pénis était maintenant en érection et il sentait la sève monter, brute, depuis le sol jusque vers les dernières feuilles du haut, celles-là accomplissant la photosynthèse. Il éjacula et le sperme alla se perdre dans les eaux vives de la rivière. Le filament laiteux se dilua instantanément, emportant sa semence au loin.

Un bruit sourd le ramena à la réalité. Il entendit le *kick drum* de la TR-808 Roland. *Boom, boom, boom boom.*

« Que vient faire ce bruit ici ? » se demanda-t-il à voix haute.

Ses paroles résonnèrent comme sur un plateau de cinéma avec la réverbération naturelle du sous-bois – à moins que ce ne fût encore une bizarrerie électronique. Il s'apaisa en respirant d'une manière plus régulière. Et il entendit de nouveau, très fort, la 808. Le son sourd venait non pas de l'extérieur mais de l'intérieur de son corps. C'était son cœur qui s'emballait ; il avait confondu ses battements avec un bruit environnant. Mais leur volume s'intensifiait. Le son, énorme, emplit la forêt et s'arrêta brutalement, laissant décliner l'écho puissant des fréquences basses au-dessous de vingt hertz. L'écho s'atténua si lentement que le sous-bois entier entra alors en vibration lorsque les basses inférieures s'approchèrent de la plage de fréquences des cinq hertz. Celle des séismes.

Lazare n'osait bouger malgré l'obscénité de sa position, le sexe encore en érection hors de son pantalon. Il reprit ses esprits et se réajusta avec soin.

Cette petite rivière dans laquelle il se trouvait lui rappelait celles où il accompagnait des journées entières son cousin qui pratiquait la pêche à la mouche. Comme il n'avait pas l'autorisation de pêcher – il lui fallait un permis qu'il ne pouvait s'offrir – ils crapahutaient ensemble au gré du courant, planquant parfois pendant des heures autour d'un spot où selon Vincenzo, son cousin, de très belles truites devaient se trouver. Le temps passait ainsi, Lazare restait assis sur un gros rocher, regardant son cousin s'amuser et vivre sans trop réfléchir, pendant que lui réfléchissait sans trop vivre. Ni son oncle, pêcheur lui aussi, ni le meilleur ami de son oncle, surnommé « le Pêcheur », un enragé de la pêche à la truite prêt à liquider sa famille pour une prise de trois kilos, ni Vincenzo n'auraient pensé à enseigner les rudiments de la pêche en rivière à ce gamin introverti qu'était Lazare. Il éprouvait parfois de la rage en se remémorant ces moments complètement immergés dans la nature sans aucune possibilité d'en jouir comme le faisait son cousin. Mais le temps passé dans ces forêts inextricables ne s'était pas révélé inutile. Depuis lors il n'éprouvait plus tellement le besoin de nature dans sa vie. Elle semblait l'avoir « pénétré ». Il la portait en lui comme une compensation à ces après-midi immobiles passés dans les rivières.

Une fois sorti du ruisseau, il se dirigea vers une clairière que l'on devinait derrière des futaies de grande taille aux troncs verdis de lichens. Ses yeux s'étaient habitués au demi-jour du sous-bois : la lumière blanche aveuglante lui fit perdre l'équilibre. Il se laissa choir dans l'herbe rase. La chaleur et la clarté l'étourdirent ; il ressentait le besoin de rester quelques instants allongé, les paupières closes.

Il finit par distinguer un faible bruit, le bourdonnement d'un petit insecte. Ouvrant les yeux, il remarqua une forme arachnéenne qui se détachait du ciel blanchâtre. Un mini drone noir siglé de plusieurs Swastikas se tenait en suspension au-dessus de lui. Les minuscules rotors étaient presque silencieux. L'engin se maintenait en position stationnaire à la verticale de Lazare.

Il repéra aussi, sur l'avant du drone, un appareil photo. Ou plutôt une caméra. L'appareil était sûrement en train de le filmer. Un drone de surveillance ? C'était possible : il y en avait partout, beaucoup de fermiers les utilisaient pour leur sécurité ou pour veiller sur un troupeau, géolocaliser une bête égarée. Mais si cela avait été le cas, celui-ci ne serait pas resté aussi longtemps au-dessus de lui. Il serait reparti après avoir communiqué ses informations à ses propriétaires. Lazare ne représentait aucune menace.

Il se releva avec peine, sans perdre de vue le drone, puis recula vers le sous-bois. La machine se mit alors à suivre Lazare à petite distance.

Que voulait cet engin et qui le pilotait ? Lazare n'aurait pu pénétrer dans un périmètre interdit sans avoir été repéré par les systèmes de sécurité et sommé de quitter les lieux immédiatement. L'engin s'immobilisa à l'orée de la clairière pendant que Lazare se réfugiait dans le sous-bois où la végétation paraissait différente, moins poétique, plus mathématique. La gradation des couleurs y semblait moins précise.

Quelques instants plus tard, il marchait à nouveau sur le sentier ensoleillé et se dirigea vers l'arrêt du car qui l'emmènerait à Chartres. Il parvint au croisement indiqué par le vieil homme au vélo. C'était une petite route calme. Le panneau d'arrêt se trouvait à quelques centaines de mètres sur la droite. Avancer sur l'asphalte le rassurait. Aucune voiture à l'horizon. Lazare pouvait discerner la moindre craquelure du goudron de la chaussée ainsi que le délicat gynécée des fleurs violettes jonchant les bas-côtés.

Il stoppa sa marche pour observer un colibri butinant une grande digitale jaune.

Il n'y avait pas de colibris en Europe : celui-ci avait dû s'échapper de sa cage. Il n'en avait encore jamais vu. L'agilité de l'oiseau était extraordinaire, avec ses stations immobiles en plein vol pour extraire le nectar de la corolle des fleurs. Il volait horizontalement, comme à reculons, pour se rapprocher d'une touffe. Les ailes vibraient à la cadence de 80 battements par seconde.

Non loin de là, un mûrier sauvage offrait ses fruits que Lazare s'empressa de recueillir au creux de sa main.

Un bruit de moteur se fit entendre ; le bus arrivait à travers la campagne silencieuse.

Il s'installa à l'arrière du véhicule où ne se trouvaient qu'un couple de retraités et une jeune femme obèse. Une fois assis, il mangea ses mûres avec précaution pour éviter de se salir les mains. Les tablettes informatiques disposées au dos des sièges déversaient un flot d'informations sur des produits estampillés de Swastikas et pourvus de codes-barres d'achat instantané, compatibles avec n'importe quel téléphone. Un panneau d'information numérique disposé à l'avant du car au-dessus du poste de conduite informait les voyageurs de l'itinéraire et des arrêts. L'arrivée à Chartres était prévue vers 15 heures. Lazare tenta une expérience.

Après avoir terminé de manger les fruits rouges, il posa son iPhOne sur la tablette et porta son choix sur un disque SSD SamsuOng, décoré lui aussi de petites croix gammées. L'achat fut enregistré et la livraison prévue pour le soir même, à son domicile. Il n'était donc pas dans un rêve. « Mais si ! Dans un rêve *tout est possible* ! » pensa Lazare. Il se demanda s'il n'avait pas été victime d'un black-out ; d'une absence qui l'aurait mené dans ce champ de blé ; ou bien de quelqu'un qui lui aurait fait boire du GHB, la substance que les violeurs utilisaient pour soumettre leurs victimes. Ça y ressemblait beaucoup. Mais dans ce cas, comment aurait-il pu prendre un billet de train et se retrouver au milieu des champs ?

À travers les larges vitres du car, Lazare apercevait des villages au loin. Il aimait imaginer ces vies parallèles, ces êtres qu'il ne croiserait jamais, qui vivaient dans ces maisons isolées. Les gens morts avant 1914, 1939, 1953, 1967, 1992, 2004, 2019 ou encore 2021 avaient échappé successivement à l'expérience des Première et Seconde Guerres mondiales, à la naissance de la contre-culture et du rock, à Mai 68, à l'avènement des ordinateurs personnels et à celui de la musique électronique, à Facebook, à la pandémie de Covid-19, et enfin à la guerre en Ukraine.

Et lui ? À quoi échapperait-il s'il mourait maintenant ? Au *pire* ? Peu de gens savaient que la troisième ère de l'informatique était en cours de déploiement depuis une dizaine d'années. C'était le monde présent. Et nul n'échappait à son époque.

La seconde ère, celle de l'ordinateur personnel, avait profondément modifié les habitudes humaines. Mais l'*informatique ubiquitaire* représentait une avancée phénoménale. Les réseaux sociaux, la pornographie, les jeux vidéo, les jeux sur internet, l'achat compulsif en ligne, les start-up, l'information continue, les blockchains, le darknet, l'hypernet, la communication instantanée avaient détruit l'espace psychique naturel des hommes.

L'informatique ubiquitaire modifiait les comportements humains.

Certains appelaient cela le *capitalisme communicationnel informatisé*.

Le silence en était la première victime. Les terminaux téléphoniques vous rattrapaient où que vous vous trouviez pour vous ramener dans le champ commercial.

Le car continuait sa route à travers la campagne. Lazare ne pouvait s'empêcher d'éprouver à nouveau un sentiment de *trucage*, de falsification. Les rayons du soleil, encore haut dans le ciel, chauffaient la terre irriguée de la Beauce. Lazare appréciait davantage la végétation du Sud. Le vert sombre des forêts du centre de la France ne l'enthousiasmait guère. La nitescence anormale des objets environnants l'avertit que l'intensité lumineuse augmentait à nouveau.

Le phénomène observé précédemment au milieu de la rivière se reproduisait. Les vitres du car, les parties chromées des accoudoirs, les écrans des tablettes, les fragments métalliques de l'iPhOne ainsi que les boucles d'oreilles argentées de la fille obèse furent absorbés par un cercle lumineux de grande amplitude. Contrairement à l'éblouissement précédent, lorsqu'il s'était allongé sur l'herbe de la clairière, il discernait à présent dans la clarté fulgurante d'une *phanie ponctuelle* (cette impression générale d'éclairement) un objet noir et mat au centre du bus de campagne. Les halos perdant graduellement leur intensité, Lazare aperçut une forme cylindrique de couleur sombre qui émergeait du bain diaphane et étincelant, neutralisant les photons en quelques instants. Cela ressemblait à une machine. Il n'avait jamais vu un tel engin.

La jeune fille et le couple de retraités ne se rendaient compte de rien. La machine noire se déplaçait horizontalement, comme le colibri ; elle se positionna au-dessus de la jeune fille. Lazare observait la scène sans bouger. L'engin déversa sur le crâne de la fille un halo de lumière qui emplit la totalité de la cabine. Il crut entendre le bruit atténué d'une détonation à travers les vitres du bus avant que le corps de la fille ne soit pris dans le halo aveuglant et ne s'évanouisse encore une fois.

EURYDICE

De nouveau le son énorme et sourd du Kick Drum 808, mais cette fois, il ne provenait pas de son corps. Lazare reprit conscience au milieu de la foule, la tête collée contre le dos de l'inconnu. Il y avait de la bave sur la veste noire à croix gammée.

Il s'était évanoui et la foule l'avait visiblement porté comme un enfant. La chaleur intense saturée par les relents de tissus et de chair lui donnait la nausée. Il maudissait le dos de cet homme qui l'empêchait de respirer. Il trouva la force de tourner la tête de côté pour inspirer un peu d'air ; le tangage l'avait porté non loin de l'entrée du métro. Avec le peu de forces dont il disposait, il se jeta vers l'accès si proche, et à son grand étonnement la foule s'écarta pour le laisser passer. Mais ses efforts ne furent couronnés de succès qu'au bout d'une dizaine de tentatives, car le mouvement irrégulier le ramenait vers le point de départ. Les derniers centimètres de bousculade furent les plus âpres : l'énergie désespérée de la foule à se libérer du piège se concentrait dans ce périmètre. Il saisit la vieille rambarde de cuivre vert et atteignit enfin le trottoir au milieu d'une immense cohue. Les gens semblaient hébétés et indécis. Personne ne parlait sauf les parents à leurs enfants, eux-mêmes choqués par la violence de l'épreuve.

Lazare, jambes et souffle coupés, chercha un endroit pour se reposer. Il descendit les marches du métro comme un vieillard. Il aurait pu vomir et n'y voyait plus très bien. Il passa les barrières payantes en plastique renforcé, arriva sur un quai et s'écroula sur le sol, dos appuyé contre les murs convexes couverts de carrelage blanc. Il demeura un long moment prostré la tête contre les genoux, laissant sa respiration s'apaiser et réguler son métabolisme.

Il n'était pas le seul à reprendre des forces dans la fraîcheur du quai. Beaucoup d'autres attendaient comme lui la fin de la manifestation. Quelques minutes passèrent et les battements de son cœur ralentirent.

La lumière uniforme et neutre des néons accentuait l'aspect cireux des visages. On entendait venant des niveaux supérieurs de la station une vague agitation qui se perdait dans les couloirs. Mais le silence du quai contrastait avec la cacophonie du dehors. Le son ambiant, large et réverbéré, était apaisant. Lazare remarqua une jeune femme assise près de lui qui tentait de retrouver son souffle elle aussi. Il ne voyait que ses cheveux, châtain clair aux reflets blonds. Elle tourna son visage vers lui ; jeune, vingt-deux ans, ou peut-être davantage, des yeux verts aux pupilles cerclées d'or. Un visage gracieux, encore juvénile. Leurs regards se croisèrent. Il eut le courage de lui adresser la parole :

« C'est la première fois que je me fais coincer dans une manifestation… Vous allez bien ? »

Elle l'observa avant de lui répondre, presque aphone :

« Ça va, merci. »

Elle toussa légèrement. Le ton de sa voix était enfantin et chaleureux. Quelque chose de sensuel émanait de ce timbre enrhumé – sans doute les hormones juvéniles qui se manifestaient encore à cet âge.

La jeune fille le regardait. Son petit haut blanc à manches courtes dissimulait une poitrine volumineuse : impossible de ne pas remarquer ce détail. Les gestes gracieux de la jeune femme lui faisaient oublier l'endroit où il se trouvait.

« Je m'appelle Lazare.

— Eurydice, lui répondit-elle, en toussant de nouveau.

— Eurydice ?... Vraiment ? »

Elle le dévisagea, méfiante. Lazare se dit qu'il avait affaire à une étudiante.

Elle ne portait pas ce vernis à ongles « Swastika » que presque toutes les femmes arboraient. Un des grands succès de ces dernières années. Il existait aussi des « Gloss KJO » de couleur rouge. Un Swastika dessiné gratuitement sur les lèvres était offert dans les instituts de beauté pour l'achat de plusieurs exemplaires du produit. Ces Gloss KJO avaient la particularité de reproduire exactement le rouge de la croix gammée.

D'ailleurs la *Milliardaire KJO* avait déposé le brevet du *Rouge Swastika*, ce qui l'avait rendue encore plus riche.

Eurydice regardait droit devant elle. Il n'osait rien ajouter, regrettant d'avoir répété bêtement le prénom de la jeune fille. L'intensité de son regard l'intriguait. Il la désirait sans aucun doute. Et elle le sentait.

Lazare se méfiait. Il pouvait être accusé de harcèlement sexuel s'il commettait un impair. Il suffisait qu'elle prenne une photo de lui pour que ces foutues caméras de reconnaissance faciale le retrouvent en quelques secondes.

« Je me suis avancée dans la foule comme une idiote ; je ne pouvais plus retourner sur mes pas... Horrible... Je déteste la promiscuité. »

Eurydice s'exprimait avec vivacité en avalant ses mots comme beaucoup de jeunes gens. Lazare ne savait pas quoi répondre ; elle lui plaisait, et malgré l'hypoglycémie qui le faisait légèrement trembler, il cherchait le moyen de capter son attention. Il éprouva un peu de honte à observer ainsi la poitrine d'une fille plus jeune que lui. Mais c'était une sensation pourtant agréable qu'il n'avait plus ressentie depuis longtemps. La sensation d'être un homme.

« Je me suis évanoui, dit-il. La foule m'a porté pendant une minute ou deux.

— Vous vous êtes évanoui ? Comme ça ? Et vous ne vous souvenez de rien ?

— Si, j'ai fait un rêve très bizarre. »

Lazare marqua un temps avant d'ajouter :

« Je me suis retrouvé prisonnier au milieu de ces gens. Comme vous… La chaleur… Vous avez remarqué cette chaleur ? Ça ne vous a pas gênée ? »

Elle ne répondait pas. Elle observait attentivement Lazare de ses yeux clairs.

« Vous étiez avec d'autres gens ? continua-t-il.

— Non. Je n'habite pas très loin. Je venais comme ça. Je trouvais cette manifestation bizarre. »

Aucun Swastika sur elle.

« Vous l'avez remarqué vous aussi ? reprit Lazare. C'est la première chose que je me suis dite lorsque j'ai vu les gens marcher en direction de République. Ils manifestaient contre quoi ?

— Je n'en sais rien. »

Elle tourna la tête vers la sortie.

« Regardez ! Les gens remontent… »

Elle se leva avec un sourire enjoué.

« Vous venez ? On y va ? »

Ils sortirent. Le ciel était clair. La foule se dispersait lentement en silence comme à la fin d'un concert. Ils marchèrent en direction du canal Saint-Martin puis se posèrent sur deux plots de métal. Il n'y avait plus de place pour s'asseoir au bord de l'eau. Eurydice souriait.

Elle vivait à Paris dans une chambre de bonne à quelques rues de la place de la République. Elle proposa à Lazare d'aller prendre un thé chez elle.

La pièce où elle vivait, rue Meslay, était lumineuse et, malgré l'exiguïté, bien aménagée et accueillante. Un modeste clic-clac rouge lui servait de lit. Lazare s'y installa pendant qu'elle préparait du thé. Elle ne voulait pas trop parler de son passé ni de ses parents. La région d'où elle venait, ses amis, elle trouvait que cela n'avait aucun intérêt. Eurydice ne vivait pas comme les jeunes de son âge. Elle était obsédée par une seule chose : l'*immortalité*.

Ça l'avait prise vers l'âge de douze ans. Elle regardait par hasard une émission télévisée sur les avancées génétiques et l'utilisation des cellules-souches. Un passage sur les cellules *totipotentes* (qui peuvent engendrer un organisme complet) l'avait fascinée. Il était question de séquençage et de manipulation de l'ADN. Dans une interview, *RKO*, le « futurologue » illuminé de GOOgle, prédisait une croissance exponentielle de la connaissance. *RKO* prenait pour exemple le tout premier séquençage ADN : il avait coûté trois milliards de dollars en 2003, et il ne coûterait bientôt pas plus d'un dollar, grâce à la progression quasi illimitée des outils informatiques, selon la loi de Moore. Le futurologue affirmait aussi que l'immortalité ne serait plus un fantasme, mais une réalité, grâce à l'optimisation du fonctionnement des organes de notre corps ainsi que de nos capacités intellectuelles, assistées par des machines beaucoup plus puissantes que nous. Neuf travaux sur dix seraient automatisables et remplaçables ; et donc plus rien ne justifierait les différences de revenus entre deux personnes, hommes ou femmes. Vers 2045, l'intelligence artificielle atteindrait un moment où elle dépasserait en capacité le cerveau humain, et selon cette même loi de Moore, en quelques semaines elle progresserait des milliards de fois plus vite.

Le débit d'Eurydice devenait frénétique. « *Immortel : individu qui n'est pas soumis à la mort et qui reste identique à lui-même.* » La définition du *Larousse* électronique convenait à Lazare – surtout ceci : « *Et qui reste identique à lui-même* ».

Les interrogations d'Eurydice portaient en particulier sur les télomères et les avancées génétiques. Qu'une fille aussi jeune s'intéresse à un tel sujet intriguait Lazare. C'était peut-être le signe d'un déséquilibre psychique.

En 202*, *aucun* jeune n'entreprenait ce genre de démarche. Les jeunes se souciaient surtout de se divertir et de multiplier les expériences sexuelles, de voyager, de se droguer, de consommer. Elle parla de sa famille. Elle avait vécu dans une secte avec ses parents et ses deux frères dans les environs de Nice. Une très grande partie des sectes françaises choisissaient le doux climat du Midi pour y établir leurs quartiers. Christian, le père d'Eurydice, était un comédien raté un peu hippie, un peu fou. C'est lui qui avait convaincu sa mère, Daphné, d'aller vivre dans cette secte.

Eurydice avait quatorze ans.

« Il portait des chapeaux et des sacs en peau de mouton retournée qui sentaient très mauvais, surtout par temps de pluie. »

Christian avait entraîné toute sa famille non loin de Roquebrune-Cap-Martin, dans une « communauté » (pour ne pas dire une secte) baptisée « la Science du Bonheur ». Ils y étaient restés deux ans. La fondatrice de la secte était une femme autoritaire, profondément malhonnête.

« Elle s'appelait Jacqueline Sentain, mais tout le monde l'appelait Jacqueline. Elle enseignait *l'amour et l'harmonie entre les êtres.* »

Pour ses quatorze ans, Eurydice avait été *harmonisée* par des membres de la secte. Cela consistait en une cérémonie qui se tenait sous une grande tente dans laquelle on installait un « autel ». On lui avait demandé de s'étendre dessus. C'était en réalité une surface de bois aggloméré peinte en noir et ornée de Swastikas dorés mal dessinés.

« Une fois allongée, j'ai dû me foutre à poil et rester immobile pendant que des membres de la secte tournaient autour de moi en me tripotant.

— Tu ne pouvais pas refuser ? »

Elle répondit d'une voix enfantine :

« Qu'est-ce que tu voulais que je fasse ? J'avais peur bien sûr ; mais il y avait mes parents, et les membres de la communauté se connaissaient tous… »

Eurydice but une gorgée de son thé. Lazare essayait de se rappeler la signification de son prénom. C'était un mythe grec, mais il ne s'en souvenait pas précisément, sauf de la descente aux Enfers d'Orphée avec sa lyre.

Elle continua :

« … C'était implicite.

— Implicite ?

— Oui… Non !… La manipulation mentale est forte et tu es en théorie déjà soumis avant d'en arriver là. Je veux dire que mes parents… en fait, surtout mon père… nous éduquaient selon les principes de la Science du Bonheur.

— C'est-à-dire ? »

Le ton avait changé : elle prenait maintenant le temps de s'exprimer. Eurydice paraissait heureuse de raconter son histoire.

« C'était une sorte de pseudo-méditation constante sur le bonheur, la sérénité, le "Wellness Californien" mélangé à des techniques de yoga… »

Jacqueline, dans ses *master classes* – elle les appelait comme ça –, insistait beaucoup sur le renoncement aux biens matériels et à la société de consommation… sauf que ses conférences étaient payantes !

« Vraiment ?

— Sous prétexte de *participation aux frais*. On ne faisait pas que ça d'ailleurs ! On allait souvent dans les villes voisines, nous les jeunes, pour “témoigner”. Ça voulait dire faire la manche pour la communauté.

— Mais elle parlait de quoi ?

— De rien... Vraiment. Jacqueline savait s’adresser aux paumés. Elle était conne, mais autour d’elle les gens étaient encore plus cons. »

Elle se tut.

« Mais ça marchait... Ça marchait même très bien ! Elle était malfaisante. Elle ne m’aimait pas d’ailleurs, et voyait bien que j’étais rétive malgré mon jeune âge. »

Eurydice se tut et changea brusquement de sujet. Son débit devint plus lent.

« La sœur de ma mère, qui s’appelait Ophélie, est morte d’un cancer généralisé quand j’avais onze ans... Je suis allée la voir plusieurs fois à l’hôpital avant qu’elle ne parte. Je l’aimais beaucoup et elle m’aimait en retour beaucoup aussi. Elle m’avait appris à dessiner, à jouer un peu de flûte traversière. Elle venait me chercher parfois très tôt le dimanche matin en été et m’emmenait au bout de la ligne B du RER, à Saint-Rémy-lès-Chevreuse. Es-tu déjà allé tout au bout de cette ligne ?

— Non, je ne crois pas.

— C’est fascinant, ces trains vides en attente dans cette petite gare de campagne. Avec le tabac en face de la gare qui vend encore des quotidiens et des magazines. C’était paisible.

— Tu y allais avec tes frères ?

— Non, ils ne voulaient pas. Ils préféraient voir leurs copains. De la gare de Saint-Rémy, on marchait pendant des heures dans les bois, on s'arrêtait vers midi au bord d'une petite rivière pour manger un sandwich et on parlait de tout et de rien, enfin je veux dire comme une adulte avec une enfant… C'est pendant une de ces promenades que… »

Eurydice se tut et baissa la tête.

« Je ne sais pas si je dois te dire ça… C'est bête… Ce n'est pas très intéressant… »

Lazare lui répondit de continuer. Elle se redressa. Son beau visage et ses yeux presque dorés semblaient irréels.

« Pendant une de ces pauses je regardais ma tante Ophélie avec attention pendant qu'elle me parlait des différents arbres, des fleurs dans les sous-bois, des champignons… Je me souviens que je portais une jupe d'été plissée en tissu léger. Pour nous rafraîchir nous enlevions nos grosses chaussures de randonnée et nous trempions ensuite nos jambes dans l'eau de la rivière. À un moment, quelque chose s'est passé en moi, je ne saurais pas bien le décrire. Peut-être le vent qui me caressait doucement la peau ? Ou bien cette agréable sensation de repos après une longue marche, ou bien peut-être autre chose ? J'ai ressenti un amour incroyable pour ma tante. Je voulais rester à jamais là avec elle au bord de cette petite rivière. C'était plus que de l'amour. C'était autre chose… »

Eurydice s'arrêta de parler, pour reprendre son récit après quelques instants de silence :

« Non, ce n'était pas sexuel… Et puis, après un moment, je me suis penchée sur l'eau et j'ai vu quelque chose. Je ne sais pas si c'était une hallucination ou si j'ai fait un rêve éveillé… Une chose blanche et laiteuse se mouvait dans la rivière, changeait de forme et a fini par disparaître.

— Un papier, ou un déchet ? » lui suggéra Lazare.

Il pensa à son sperme dans la rivière pendant son évanouissement au milieu de la foule quelques heures auparavant.

« Non, c'était quelque chose que je n'avais jamais vu avant. Cela a déclenché une euphorie. Je n'avais pas peur. C'était le contraire, je ressentais un enthousiasme incroyable… J'avais l'impression de comprendre quelque chose d'important. Vers mes six ou sept ans, j'avais très peur de la mort et me demandais comment j'allais faire pour y échapper. Et dans cette rivière avec ma tante, j'ai eu l'impression de trouver la solution pour ne pas mourir.

— Et c'était quoi ?

— J'ai oublié… J'essaie de m'en souvenir depuis. »

Eurydice releva la tête vers Lazare en le fixant avec des yeux tristes.

« La dernière fois que j'ai parlé à ma tante sur son lit d'hôpital, elle m'a demandé si je me souvenais de cette journée heureuse. Je lui ai répondu que je m'en souvenais bien sûr. Et elle m'a dit ceci : “Ne reste pas seule, ma petite

Eurydice, ne reste jamais seule…" Elle est morte quelques heures après notre départ de l'hôpital. »

Lazare voulut en savoir plus sur la cérémonie de l'*harmonisation*.

« Ils m'ont touchée pendant une heure environ, c'était interminable…

— Mais qu'est-ce qu'ils t'ont fait ?

— Ils ne m'ont pas violée. Ce n'était pas une communauté agressive. Juste des crédules. Ils m'ont pelotée, ils ont récité des incantations autour de la table, touché un peu les seins et le sexe. Je me laissais faire. Mon père m'y avait préparée. Je savais à peu près ce qui allait se passer. J'ai éprouvé du dégoût après coup. Le lendemain, j'ai exprimé à ma mère le désir de partir de cet endroit.

— Elle t'a écoutée ?

— Elle était faible et complètement gaga devant mon père. Elle m'a dit qu'elle lui en parlerait. »

Eurydice avala une gorgée de thé, reposa la tasse sur sa petite table basse en teck et continua son récit :

« Heureusement pour moi, mais malheureusement pour ma mère, mon père nous a quittés deux jours plus tard.

— Il est mort ?

— Non : il est parti aux aurores en emportant avec lui quelques affaires et le peu d'argent dérobé à la rapacité de Jacqueline Sentain. Il a juste déposé une lettre dans laquelle il expliquait qu'il s'éloignait quelque temps avec une troupe de théâtre itinérante et que c'était une grande chance pour lui.

— Il vous l'avait caché ?

— Ça oui ! Mais au moins, ma mère traumatisée a décidé de quitter la communauté.

— Jacqueline vous a laissés partir ?

— Bien sûr... De toute façon, c'était mon père qui avait l'argent. On ne l'intéressait plus. Jacqueline se tapait des mecs en douce : mes deux frères étaient trop jeunes, et elle n'aimait pas les femmes. J'ai toujours soupçonné mon père d'être passé à la casserole. »

Eurydice raconta la suite d'un ton plus détaché. Sa mère, Daphné, une femme faible et naïve, s'était enfoncée dans la dépression et avait décidé faute de moyens de subsistance de retourner vivre à une centaine de kilomètres de Paris, à la périphérie d'une petite bourgade. Elle élevait ses enfants dans de telles difficultés matérielles qu'Eurydice pleurait parfois en observant le visage de sa mère épuisée par une journée de travail. Daphné ne vivait que dans l'attente du retour du père de ses enfants, son dieu.

Après le baccalauréat, Eurydice avait réussi à obtenir une bourse et trouvé miraculeusement un logement dans cet immeuble cossu de la rue Meslay. Elle ne payait pas de loyer mais rendait des services à une vieille dame qui mettait un petit studio à sa disposition. Elle se destinait à des études de biologie cellulaire et vivotait comme elle pouvait.

Sa mère lui donnait un peu d'argent qu'elle complétait par du baby-sitting.

Se sentait-elle seule ? Elle réfléchit un instant, et regarda Lazare droit dans les yeux en murmurant que c'était le cas.

Sa franchise lui plut, il détourna le regard pour ne pas l'embarrasser.

« Comment se fait-il que tu te retrouves aussi seule ?

— C'est comme ça.

— Un petit ami ?

— Non.

— Vraiment ?

— C'est la vérité.

— … Et le sexe ? »

Elle rinça les tasses de thé dans le lavabo de la kitchenette et dit sur un ton las :

« J'ai essayé : ça ne marche pas. Je ne ressens rien. »

Elle disposa dans les bols deux nouveaux sachets de thé vert.

« À chaque fois que je parle de ma vie, les garçons s'éloignent, ils trouvent que je raconte des histoires bizarres.

— Quel genre ?

— Bah non. Tu vas partir toi aussi en pensant que je suis cinglée. Je suis sûr que tu dois trouver *bizarre* l'histoire avec ma tante.

— Non, elle est très belle au contraire. Raconte-moi…

— Tu me promets ?

— Oui.

— Des choses me sont arrivées, ces derniers mois... Des phénomènes incompréhensibles...

— Continue. »

Lazare était persuadé qu'Eurydice était vierge.

« La première fois, c'était dans un magasin d'informatique, enfin au rayon informatique de la FnacO. Je regardais un ordinateur et... »

Lazare se raidit.

« L'écran s'éteignait et se rallumait. J'ai pensé que c'était un code. »

Il l'observait du coin de l'œil et lui demanda :

« T'as déjà eu des hallucinations ? »

Elle se concentra quelques secondes.

« Non... Et toi ?

— Oui... Enfin, pas exactement... Continue...

— Je me suis juste dit que c'était un code secret.

— Quel genre de code ?

— Je n'ai pas cherché à le savoir... J'ai laissé ça de côté... comme beaucoup d'autres choses d'ailleurs. »

Ils s'allongèrent côte à côte sur le lit sans se parler. Au bout, d'un moment Eurydice rapprocha sa main de celle de Lazare et s'endormit paisiblement. Il fit de même.

Un cri léger le réveilla. Eurydice gémissait dans son sommeil. Il se tourna vers elle.

« Ça va... Tout va bien... Tu dois faire un cauchemar. »

Elle reprit conscience.

« Oui… Je me trouvais dans un hôtel vide. En parcourant les couloirs, j'arrivais devant une chambre dont la porte était ouverte. J'ai aperçu à contre-jour les silhouettes de deux personnes pendues. Ça m'a terrifiée.

— Pourquoi ?

— Je ne sais pas… J'ai lu la semaine passée un article à propos de gens âgés qui n'y arrivaient plus financièrement. Ils citaient l'histoire de ce couple qui avait loué avec leurs dernières économies une chambre d'hôtel où ils se sont suicidés à la fin de leur séjour.

— Il était où, cet hôtel ?

— En province. Dans la campagne. Au milieu d'un champ bizarre… Dans mon rêve je veux dire ! »

Lazare continua son interrogatoire :

« Quel genre de champ ? »

Elle leva les yeux vers lui.

« Pourquoi tu me demandes ça ?

— C'était un champ de blé ?

— Peut-être, mais je n'en suis pas certaine.

— Décris-moi ton rêve en détail. »

Elle lui raconta comment elle s'était retrouvée dans un champ presque identique à celui de Lazare, avec une moissonneuse-batteuse au loin, un chemin sinuant dans la campagne, et un ruisseau coulant dans le sous-bois.

Lazare était de plus en plus intrigué. Ça ressemblait à son propre rêve vu sous un angle différent.

Elle le regardait.

« Tu m'écoutes ? »

Il reprit ses esprits.

« Je dois rentrer chez moi. On pourrait se voir plus tard ? Ce soir ? »

Il ajouta avec un sourire chaleureux :

« Si tu en as envie, bien sûr… »

Lazare embrassa la jeune fille avant de quitter la chambre de bonne. Le parfum d'Eurydice le suivait dans l'escalier. Une fois dans la rue, il marcha d'un pas rapide vers les quais de Seine : il voulait rentrer chez lui et tenter de déchiffrer le mystérieux code.

*

Rue de Turenne. Des Swastikas de toutes sortes et de toutes tailles recouvraient la plupart des vitrines. Là plus qu'ailleurs – peut-être à cause de la proximité des boutiques – le rouge et le noir de l'ancien drapeau nazi se détachaient d'une manière inquiétante. La plupart des voitures affichaient aussi l'emblème, mais plus discrètement. On le retrouvait à l'intérieur du « O » des PeugeOt, ou des VOlkswagen POlO. Dans les parfumeries, les marques en « O », DiOr, LOuis VuittOn, TOp ShOp, BenettOn l'arboraient pour maintenir leur chiffre d'affaires. La contamination ne s'arrêtait pas au secteur de la mode : GOOgle, YahOO, SOny, Orange, TOtal, AmazOn et d'autres grandes sociétés incorporaient aussi le Symbole dans leur logo. Même Apple, au vu de ventes déclinantes, avait décidé de changer son nom en « AppleO » pour y faire figurer le Swastika. Les railleries qui avaient suivi cette modification n'avaient cessé qu'après l'extraordinaire remontée des ventes, quelques mois plus tard.

Lazare traversa le pont Marie, balayé par les dernières ondes de lumière dorée de la fin d'après-midi.

CROIRE

« Le secret des grands politiques fut de savoir que le pouvoir n'existe pas. Il n'est qu'un espace perspectif de simulation, comme le fut celui, pictural, de la Renaissance, et si le pouvoir séduit, c'est justement […] parce qu'il est simulacre. »

Cette phrase de Baudrillard lui revenait souvent en tête depuis de courtes études de philosophie. Cette artificialisation de l'existence, qu'il percevait dans ses rêves éveillés (appelons-les ainsi pour le moment), n'était-elle pas aussi un simulacre ?

Une période d'« anti-Lumières » s'était ouverte quelques années avant les attentats parisiens de 2015. Les changements culturels majeurs et l'accession des minorités aux réseaux sociaux avaient bouleversé le traditionnel écheveau politique. Il était stupide de croire que l'Occident resterait une riche citadelle imprenable. Il avait fallu ouvrir des brèches dans les remparts sous peine d'effondrement brutal. Le *chaos de la pauvreté*, affiché sur les réseaux modernes de communication, avait rompu les digues. Le discours politique traditionnel n'avait pu contenir l'immense vague de contestation. Les anti-Lumières s'étaient propagées partout.

Le djihadisme, l'expansion des cartels sud-américains, la culture de la drogue et des dealers, le retour au fonctionnement tribal et religieux et l'assaut de la Russie contre l'Ukraine avaient anéanti la philosophie des Lumières, et le mouvement « Lumières II » n'avait pas encore pris suffisamment de force pour juguler les anti-Lumières.

*

Lazare pressait le pas en direction de son appartement. Dans la cacophonie du trafic parisien, il discerna les harmoniques lointaines d'un orgue. En y prêtant une attention plus grande, il perçut des accords qui se mêlaient aux bruits de la ville. Il en chercha l'origine. Ils provenaient d'une église située au milieu de l'île. Les échos liturgiques le détournèrent de son chemin bien qu'il fût pressé de rentrer.

La grande porte en bois était entrouverte, laissant passer la musique. C'était du Bach, lui révéla l'application ShazamO. Il franchit le porche de l'édifice religieux plongé dans une apaisante pénombre. Il parcourut le déambulatoire. Il y avait un mariage. Quelques personnes occupaient les premières rangées de chaises. Lazare n'osa pas trop s'approcher ; le bruit de l'orgue monumental masquant ses pas, il s'avança malgré tout vers le quatrième rang et prit place discrètement derrière les invités. Aucun artefact ni bruit blanc dans l'église : la lumière venue de l'extérieur nettoyée de ses scories était limpide et d'une grande netteté visuelle. Lazare remarqua des jumelles brunes derrière lui sur le côté droit : elles se recueillaient, agenouillées sur des prie-Dieu, les mains jointes devant leurs visages.

Les futures mariées étaient deux jeunes femmes, l'une blonde et l'autre brune. À l'issue du concile Vatican III, peu après l'avènement du *business Swastika*, l'Église catholique avait autorisé le mariage homosexuel. Les mariées écoutaient les paroles d'une prêtresse, autre nouveauté de Vatican III, suite à la « guerre des Genres ». C'était ainsi qu'on nommait le conflit qui avait éclaté à l'intérieur de la communauté homosexuelle entre les femmes et les hommes. Les lesbiennes accusaient les homosexuels mâles de reproduire les mêmes schémas de domination patriarcale que les hétérosexuels et exigeaient de nombreuses modifications dans le fonctionnement de la société. À commencer par la religion catholique.

Les mouvements féministes ne jugeaient pas normal qu'un homme homosexuel puisse devenir prêtre mais pas une femme. L'Église catholique finit par céder et autorisa l'ordination de prêtresses et par la suite le mariage homosexuel.

La fille blonde se retourna et fixa Lazare. Il ne pouvait distinguer avec précision son regard mais en devinait l'intensité. Elle lui souriait. Son attention avait sans doute été attirée par cet inconnu qui avait pris place derrière ses proches. L'autre femme, de type oriental, observait la mariée blonde en lui tenant fermement la main. Les deux jeunes femmes ressemblaient à deux icônes religieuses.

L'orgue cessa de jouer. Le silence emplissait la nef. Lazare retint son souffle. Quelques secondes après, la prêtresse commença son discours :

« Viktoria et Naïs, cherchez le bonheur l'une de l'autre en Dieu, et votre mariage sera un avant-goût du bonheur éternel au ciel. »

Lazare n'était pas croyant mais cette scène le ramenait en pensée vers ses parents. Il n'avait pas reçu d'éducation religieuse, sa mère étant catholique et son père musulman.

La prêtresse les déclara unies et les deux femmes s'embrassèrent. Leur baiser, timide et bref, fut l'occasion d'un nouveau chant de l'orgue. La mariée blonde se retourna pour une photo ; Lazare aperçut un ventre rond sous la robe nuptiale.

Lazare ne remarqua pas tout de suite les subtils changements de lumière sur les plus hautes verrières. Un observateur attentif aurait pu constater un très léger tressaillement dans la couleur des vitraux, peut-être dû à la lumière hésitante de la fin d'après-midi. Des fourmillements de couleurs se déplaçaient et se transformaient sur les verres, créant de curieux effets d'optique. Les deux mariées quittèrent le chœur et se dirigèrent lentement vers la sortie. Les familles se levèrent pour les suivre. Lazare croisa le regard de la jeune femme blonde lorsqu'elle passa au niveau de sa rangée.

Seul dans l'église, il se recueillit. Il pensa à sa mère et à la souffrance qu'elle avait endurée avant de mourir. Atteinte d'une maladie neurodégénérative, elle s'était farouchement accrochée à la vie. Son corps la trahissait mais elle tenait pourtant encore à se nourrir ou à regarder la télévision. Dans sa jeunesse, elle avait été une belle femme brune aux traits bien dessinés. Ses yeux bleu-gris d'une intensité peu commune révélaient une folie dominatrice. Un tube de Valium ne quittait jamais sa table de chevet. Elle en extrayait un demi-comprimé chaque soir.

La main droite de sa mère avait subi une opération qui lui avait laissé l'index paralysé et dressé, droit et raide. Comme le « doigt de Dieu ». Combien de fois, enfant, avait-il observé cette main à l'index tendu et accusateur ? Lazare allait la visiter tous les deux mois environ. Ce n'était pas de gaieté de cœur qu'il se rendait chez elle, quelque part dans le sud de l'Europe, dans une ville balnéaire sans grand intérêt. Ils se disputaient généralement au bout d'une heure. Des mots durs lui échappaient. Sa mère pleurait sur le lit médicalisé qu'il lui avait offert lorsque la maladie avait empiré.

Il allait se promener sur la minuscule croisette venteuse et désuète jonchée de palmiers et de buvettes aux chaises d'aluminium puis revenait s'excuser et faire la paix. C'est là, en prenant un café, en face de la mer et en proie à un grand désarroi, qu'il repensa à Hyacinthe. Au milieu d'une brume d'azote qui, à nouveau, l'entourait malgré le ciel limpide, il se dit à lui-même : « Pauvre idiot ! Tu t'es trompé, une vraie tragédie, ce n'est pas ce que tu pensais. C'est ce que tu vis à présent. Tu ne peux rien faire et tu seras que tu le veuilles ou non emporté par les flots vers la mort inéluctable. »

Sa mère l'aimait bien sûr, mais mal. Le corps de cette pauvre créature cloîtrée dans une cage de fer lui déformant les membres n'avait plus de sens. Son existence était réduite à des fonctions végétatives. Par-delà l'horreur de la situation il ne pouvait s'empêcher de voir une forme de grâce et de beauté dans cette chambre prémortuaire. Il pensait aux scènes de la peinture italienne de la Renaissance. Les tons de chair en particulier.

Il comprenait mieux pourquoi les peintres de l'époque prenaient comme sujet le calvaire du Christ, des indigents ou des mourants. Ces artistes essayaient-ils de reproduire la pureté qui émanait de la déchéance physique ? Voyaient-ils une transfiguration à venir et s'efforçaient-ils de la retranscrire ? Envisager l'agonie sous un angle artistique l'aidait à supporter la situation.

Après son décès, il n'avait jamais retrouvé sur les quelques photos qui lui étaient parvenues d'elle les tons extraordinaires qu'il avait remarqués sur sa peau en *vision directe*.

Il lui arrivait d'observer longuement ses mains aux doigts déformés par l'arthrose. La peau, diaphane, sous laquelle on apercevait de fines veines semblables à des filaments céruléens, était recouverte de légères escarres roses et rouges ;

menacée d'induration, elle se transformait avec le temps en matière translucide.

Ce qui l'intriguait le plus était son fameux index paralysé, le « doigt de Dieu ». Celui qui l'accusait lui, Lazare, depuis l'enfance lui semblait-il.

Ce doigt accusateur, source de tant de souffrances, était maintenant recourbé. La troisième phalange formait un angle droit avec le reste de l'index. Il demeurait parfois plusieurs minutes à observer cette déformation impossible en se demandant ce qu'elle pouvait signifier. Malgré le peu d'affection dont elle avait été coupable envers Lazare, sa mère possédait tout de même quelques qualités.

Au cours de sa maladie, jamais elle ne s'était plainte. Elle appelait souvent son fils au téléphone. Il avait un jour compté le nombre de sonneries avant qu'elle ne raccroche. Quarante-neuf. Soit quatre ou cinq minutes à attendre qu'elle renonce. Il le regrettait à présent car le téléphone ne sonnerait plus. Elle l'appelait pour ne rien dire, pour lui demander ce qu'il avait mangé ou pour lui raconter un programme de divertissement vu à la télé. Sa mère cherchait à communiquer avec les moyens intellectuels dont elle disposait encore. Il ne l'avait compris que bien plus tard, alors qu'elle se trouvait déjà au ciel.

Mais il n'y avait rien là-haut…

Il releva la tête comme on le fait souvent dans une église. Cette bâtisse de style baroque ne l'inspirait guère. Il la jugeait trop chargée, avec ses hautes colonnes de pierre marbrée et son chœur aux vives couleurs. L'orgue majestueux, une merveille technologique, souffrait, à son goût, d'un excès d'ornements.

Sur les vitraux de la nef, les scènes bibliques et les rosaces disposées selon un schéma qui exaltait la foi restaient vierges de toute intrusion commerciale. L'Église catholique n'avait pas besoin de publicité. Les vitraux s'en chargeaient.

Il en détailla un. Quel pouvait être le sens de la scène représentée ? D'habitude, on y retrouvait des saints, des rois en prière ou d'autres figures pieuses à l'exemple de Saint Louis rendant la justice au milieu des paysans. Mais dans ce cas précis, rien de tout ça.

Il distinguait mieux les détails. Sur un vitrail en particulier – était-ce la lumière qui créait un effet d'optique ? – un lent mouvement modifiait la couleur des pièces de verre. La distance rendait imprécise l'impression générale, mais il était certain que la surface du vitrail bougeait. Les nombreuses pièces serties de baguettes de plomb soudées entre elles viraient au rouge intense. L'opération prit quelques minutes. Lazare vérifia autour de lui si les autres vitraux se transformaient eux aussi. Ils étaient également touchés par le phénomène. Il revint lentement s'asseoir au centre de la nef.

Lorsque toutes les pièces de verre eurent achevé leur évolution vers le rouge, Lazare patienta encore un moment. Plus rien ne bougeait. L'église était toujours vide. Il aurait voulu qu'Eurydice soit à ses côtés. Il lui téléphona. Pas de réponse. Il lui laissa un message pour l'inviter à le rejoindre.

Il s'installa au centre du narthex et photographia d'abord les vitraux rouges à l'intensité presque incandescente en se déplaçant très lentement afin de capter le maximum de détails. Parvenu à hauteur du transept, il régla l'appareil en mode vidéo car il avait assez de photos. On distinguait à peine la lumière du jour occultée par les verreries rouge écarlate. Il s'arrêta pour s'assurer que les images avaient bien été enregistrées.

Derrière l'autel, à l'extrémité de la nef, un point blanc apparut sur un grand vitrail représentant la résurrection de Jésus. Le point grossissait à vue d'œil et se propageait sur les autres pièces de verre rouge à la manière d'un épais liquide translucide renversé sur un sol pourpre. Lazare enregistra la nouvelle transformation avec son téléphone. Le trajet du liquide semblait obéir à une logique. Il progressait horizontalement à gauche et à droite. Sur le côté gauche, le tracé décrivait une courbe, ou plutôt un virage ascendant qui se terminait par une pointe. La forme indécise ressemblait à une lettre arabe ou à un sabre recourbé.

Un symbole arabe dans une église ? Lazare lança une recherche sur une application de traduction mais arrêta aussitôt le processus. Il comprit ce qu'il avait en face de lui. Ce n'était pas un signe arabe ni un poignard recourbé. Un logo connu de tous venait d'apparaître sur la verrière et remplaçait l'image de Jésus et de la Bible. C'était le logo de NikeO. Avec au centre du O un Swastika rouge et noir.

Il rappela Eurydice. Toujours rien. Il se laissa tomber sur une chaise de la première rangée, devant l'autel vide. Le logo de NikeO se détachait nettement sur le fond rouge constitué d'une mosaïque de verre peinte à la main. Il n'avait pas vérifié si les autres vitraux s'étaient eux aussi transformés. L'église tout entière ressemblait désormais à Times Square avec ses panneaux géants. La totalité des verrières affichait des publicités. Lazare reconnut des dizaines de marques toutes ornées de Swastikas disposés au centre du O : MarlbOro, AppleO, ExxOn MObil, MercedesO, TeslaO, AudiO, AdidasO, GOOgle, YahOO, TOtal et bien sûr NikeO.

Il s'intéressa aux vitraux plus petits nichés au fond des chapelles sur les bas-côtés de l'église et s'approcha de celle de saint François d'Assise, dont le processus de transformation venait de débuter. Ces verrières disposées plus bas permettaient un examen plus minutieux. Des chiffres et des pourcentages apparaissaient sur les rosaces et les morceaux de verre. Peu à peu, ces éléments se transformaient en un chaos organisé évoquant le mouvement de cellules vivantes.

Une voix féminine s'adressa à lui dans la solitude de l'église aux lueurs phosphorescentes. Il se retourna : c'était Eurydice. Son regard passait alternativement de Lazare au vitrail. Elle lui souriait. Il lui rendit son sourire.

« Depuis combien de temps... ?

— Quelques minutes… »

Elle ramena sur le côté ses longs cheveux châtain clair.

« J'ai assisté de loin à l'apparition de NikeO. »

Elle s'approcha, vêtue d'une modeste robe blanche de coton fin et de petites bottines d'été en simili-daim bleu foncé. Tous deux ne pouvaient détacher leurs regards du vitrail. Le processus de transmutation se déroulait méthodiquement. Les cellules mutantes éclataient en une efflorescence mystique versicolore, composée d'innombrables lignes convergentes. Cet assemblage de traits et de lignes colorées se réorganisait rapidement en formes géométriques indistinctes, au début tout du moins ; et puis apparut un maillage primitif, prémices d'une forme factuelle incontestable.

Il était encore difficile de distinguer une figure construite, mais ça en prenait le chemin.

« Tu t'intéresses aux *totipotentes*… ? »

Elle le dévisagea en silence. Il continua à parler tandis que des chiffres et des courbes surgissaient par paquets, comme de petites explosions multicolores.

« Les chiffres que tu vois se transformer en cellules-souches sont des *investissements*.

— Des investissements ? Quel est le lien avec les cellules totipotentes ?

— Oui, des courbes financières, des intérêts, des emprunts, des actions, des obligations. L'ensemble de la vie financière se traduit en graphiques. Tu as déjà regardé BlOOmberg TV ?

— Oui, je connais. Mais comment as-tu deviné que c'était ça ?

— Je ne sais pas… Une intuition… J'ai l'impression d'en comprendre la logique. Regarde ! »

Pendant que Lazare parlait, les lignes géométriques s'assemblaient en une forme identifiable. Il reconnut d'abord le logo aux quatre anneaux.

Dans le silence de l'église, le processus de transformation se poursuivit. C'était une voiture aux courbes élégantes. Lazare ne connaissait pas grand-chose aux automobiles et aurait été incapable d'en identifier le modèle. La matérialisation complète s'acheva en quelques minutes. Tous deux prenaient des photos et filmaient la mutation.

Le véhicule était à présent terminé. La carrosserie scintillait dans l'obscurité.

« C'est de la publicité… de la publicité qui prend vie.

— Une AudiO qui prend vie ?… »

Elle voulut poursuivre sa phrase mais y renonça.

« Oui… C'est ça. Et tu vois, là ? »

Il pointa l'index vers la voiture.

« Le O d'"AudiO" est siglé d'un Swastika. C'est la première fois que j'en vois un dans une église. »

Toutes les publicités s'étaient déployées à la manière d'hologrammes. Elles se détachaient très nettement de leur support et semblaient flotter dans les airs. Lazare se rapprocha d'Eurydice jusqu'à lui toucher le haut des fesses. Comme dans l'épisode de la rivière au cœur de la Beauce, le désir monta en lui. Un désir puissant. Elle le regarda, étonnée.

« Qu'est-ce que tu fais ? »

Il sentait en lui des forces suspectes, des envies dopées, modifiées. Il caressa le visage d'Eurydice. Elle subissait elle aussi un désir artificiel, qui montait du fond des cellules primitives.

« Le désir… Avant les courbes financières et les investissements, il y a le désir… Il crée la vie.

— Tu parles du désir entre nous ?

— Les cellules toutes-puissantes ont certainement leur origine dans le désir. Le désir de Dieu ou le désir de la nature. Du point de vue évolutif, baiser, c'est consommer et laisser des déchets derrière soi.

— Mais ces publicités vivantes… Quelqu'un les crée, non ?

— Pas sûr. Nous sommes en train de nous mélanger avec elles… »

Lazare n'acheva pas sa phrase. Eurydice le reprit :

« Avec le Swastika ? Quel est son rôle ? Il en a bien un ?

— Pour le Swastika, je ne comprends toujours pas son rôle. Les nazis ont inventé la propagande ainsi que la publicité moderne mais leur vision était raciale, idéologique, pas commerciale. Le Symbole n'est peut-être que le déclencheur d'un violent *accouchement* qui se prépare ?

— Regarde ! Là-haut ! »

Des dizaines de logos de marques célèbres flanqués du Symbole convergeaient vers le plafond de l'église et flottaient gracieusement dans l'air, laissant dans leur sillage des traînées polychromes qui s'estompaient peu à peu dans la pénombre. Les marques s'imbriquaient les unes dans les autres, pareilles aux pièces d'un puzzle. Le mélange final était spectaculaire. Le plafond recouvert d'images fixes ou animées ressemblait à ce que l'on appelle une « apothéose » dans l'histoire de l'art. Les anciens Romains pratiquaient aussi l'apothéose, sous le nom de *Consecratio*, pour célébrer la mort d'un homme important.

Lazare recula de quelques pas pour mieux observer la mise en place des publicités. On aurait dit des modules d'engins spatiaux s'arrimant les uns aux autres par de petits crochets métalliques de façon à ne faire plus qu'un. L'élévation de Lazare commença lorsque le processus d'assemblage eut pris fin.

TÉLÉPORTATION

Sa vue se brouilla ; il ne discernait plus que la forme vague d'Eurydice près de lui et les couleurs persistantes des vitraux transformés en publicités. Sa conscience (s'agissait-il bien de ça ?) se dégagea de son corps comme un serpent se détache de son ancienne peau, puis elle s'éleva dans les airs. Sa vue recouvrée, il distinguait mieux les détails autour de lui. Une fois vidés de leur substance par les publicités qui à présent tapissaient le plafond, les vitraux revenaient peu à peu à leur aspect originel. Par son seul désir, Lazare pouvait remonter le temps sur un détail, le visage de Jésus par exemple, et une myriade d'informations sous forme d'arborescences se matérialisaient alors. Il n'avait qu'à choisir : assemblage, origine du verre, méthode de fabrication des teintes, nom des maîtres verriers et des ouvriers... Pourquoi une telle scène ? Pourquoi cette couleur de barbe en particulier, ou bien tel angle ou tel saint, etc. ? Les arborescences semblaient sans fin. Il aurait sans doute pu remonter jusqu'à l'origine du sable qui avait servi à la création du verre – et peut-être même à Dieu.

Il s'élevait maintenant vers le haut de l'édifice, s'approchant de l'apothéose, flottant dans les airs au niveau de l'arborescence de chaussures NikeO Air JOrdan vendues au prix de cent quarante-deux euros et vingt centimes. Seuls deux euros quarante revenaient à l'ouvrier qui les confectionnait. En zoomant – il en avait le pouvoir – la liste complète des coûts de fabrication, ainsi qu'un P&L (*profit and loss*) apparurent.

Il explora la ligne « salaire de l'ouvrier » et se retrouva en face d'un enfant vietnamien au travail sur une NikeO Air JOrdan. Le visage concentré du jeune garçon ne reflétait aucune émotion. Il apposait méticuleusement à l'intérieur du O de « Jordan » un petit Swastika.

Lazare alla plus avant : il *explora* l'esprit de l'enfant.

Dans le même temps, il était capable d'observer Eurydice ainsi que son propre corps évanoui sur une rangée de chaises au centre de la nef. Elle lui soutenait la tête de ses mains et jetait des regards inquiets. Ses cheveux châtains brillaient agréablement dans le clair-obscur de l'église.

L'esprit de l'enfant ne lui révéla rien. Il décida d'entrer dans les branches du Swastika. Impossible d'obtenir des informations. Lazare insista et se concentra sur le logo complet. Un graphe jaillit, avec des ramifications inouïes. *Théorème des quatre couleurs*, *théorème des graphes parfaits*, *théorème de Robertson-Seymour*. Il n'avait aucune idée de ce que cela signifiait. Il pénétra dans le théorème des quatre couleurs et chercha des indices. Les algorithmes issus de cette théorie étaient nombreux. Une des applications concernait les problèmes d'incompatibilité. Comment faire cohabiter des personnes ou des animaux en tenant compte de leur incompatibilité ? Le Swastika était le contraire de la cohabitation. *Cohabiter* n'était assurément pas un concept nazi. Mais en observant au-dessus de lui la singulière *synchronisation des marques*, il lui vint à l'idée que le Swastika était certes un accélérateur commercial, mais excluait peut-être les humains du processus d'échange *in fine* – une sorte d'intelligence artificielle du monde commercial permettant aux marques de communiquer entre elles de façon autonome ?

Il se rappela le postulat de Martin Heidegger, dans *La Question de la technique*. Le philosophe nazi allemand y évoquait la notion de *dispositif* : « Il est possible de contrôler mille machines les unes après les autres, mais il est impossible de contrôler l'interaction de mille machines entre elles. »

Parvenu au niveau de la voûte constellée de marques, Lazare la traversa sans effort, tout comme la toiture de l'église. Il s'élança dans le ciel. Suspendu dans l'éther, il dirigea son regard vers le bas. Il ne reconnaissait pas l'endroit où il se trouvait. Ce n'était pas Paris, ni l'île Saint-Louis. À la place de la ville qu'il connaissait si bien, aussi loin que portait son regard, s'étalaient des déchets ; des montagnes de déchets. Et une poussière ocre. Aucune trace de vie n'était décelable d'en haut.

Ici et là, de minces colonnes de fumée s'échappaient de gigantesques empilements de détritus organiques en putréfaction. Aucune trace du Swastika. Il avait disparu. Aucune trace de civilisation non plus. Tout avait été recouvert de déchets balayés par des vents saturés de poussière sale.

Lazare s'éleva encore. Sa vision améliorée lui permettait d'observer avec précision l'amoncellement de déchets. Il s'approcha prudemment d'un creuset d'où s'échappaient des colonnes de fumée. Trompé par l'éloignement, il n'avait pas bien évalué la taille de la poche. Devant la faille béante, son cœur se souleva. Il vomit.

Les matières en décomposition recouvraient un cloaque humide. La fumée avait son origine dans un compost générant des gaz divers, fréon, benzène et soufre. Lazare ne voulut pas en savoir davantage.

Il s'éleva encore plus haut jusqu'à embrasser un territoire immense. Son regard se concentra sur l'Atlantique. Les eaux en avaient presque disparu. Seules subsistaient quelques zones bleu-gris. Partout, une étendue sans fin de déchets. Mais, en observant de près l'océan, Lazare comprit qu'il ne s'agissait pas vraiment d'ordures. Il n'y avait là à perte d'horizon que des excréments ! De la merde. L'océan était souillé par la merde.

Il chercha des traces de civilisation – en vain.

Il souhaita regagner son corps. Il lui suffit d'y penser pour se retrouver dans les bras d'Eurydice. Celle-ci, soulagée, le serra contre elle. Autour d'eux l'église avait repris son aspect habituel. Ils quittèrent l'*endroit*.

EXTORSION

Lorsque le capitalisme n'a plus de débouchés,
il doit trouver des nouveaux circuits, pour se relancer.
Dans le monde moderne, il doit procéder à
une accumulation par dépossession.

La nuit chaude de septembre les apaisa. Ils se dirigèrent vers la rue des Deux-Ponts, qui traversait l'extrémité Est de l'île et continuait vers le pont de la Tournelle.

Lazare fit part à Eurydice de son expérience.

« Je n'ai vu que des déchets partout… Des excréments… »

Il regarda ensuite autour de lui et ajouta :

« J'ai l'impression qu'il y a de plus en plus de Swastikas en ville. »

Ils se réfugièrent dans un café au coin de la rue des Deux-Ponts, le Louis IX.

Le son de la 808 se fit de nouveau entendre. Des infrabasses s'échappaient des nombreux véhicules immobilisés au feu rouge. Lorsque plusieurs conducteurs baissaient leurs vitres, le bruit ressemblait à celui des prémices d'un tremblement de terre. Les carreaux et les objets fragiles vibraient. Les flots de haine AutOtunés se déversaient de grosses cylindrées sombres conduites par les jeunes cols blancs de la nouvelle e-économie.

Ces nouveaux entrepreneurs adoraient cette musique. L'instrumentalisation de la musique urbaine et du *Lumpenprolétariat* les excitait. À l'aide d'une petite tablette reliée à un serveur informatique, ils pouvaient d'un claquement de doigts créer de colossales richesses sur le dos de l'*ancien monde*, c'est-à-dire tout ce qui n'était pas « eux ». Au XVIe siècle, les colons venus d'Europe avaient baptisé l'Amérique « Nouveau Monde ». Et ils avaient nommé les terres des Amérindiens qui vivaient là depuis des millénaires « ancien monde », avant d'en prendre possession par la violence.

L'apparence de ces nouveaux businessmen, méticuleusement codifiée, ne laissait rien au hasard. Toujours cette horrible chemise blanche GucciO à boutons « Swastika » nacrés et un jean, bien souvent un UltraDark 13SS de marque Levi'sO. Impossible de savoir pourquoi ce modèle en particulier leur plaisait autant. Les énormes Swastikas apposés sur l'endroit comme l'envers du vêtement exsudaient, selon les dires de certains, un aphrodisiaque au pouvoir mercantile inattendu. Ils portaient aussi des chaussures de luxe, allongées et pointues comme celles des sorcières dans *Le Magicien d'Oz*, un vieux film américain des années 1930. Les marques utilisées différaient, mais la forme « chaussure de sorcière » demeurait identique. Même chose pour les ROlex : un nouveau modèle avec un Swastika composé de rubis au centre du cadran s'était rapidement imposé. Voilà, à quelques variantes près, leur misérable uniforme.

Les très grands patrons du *nouveau monde* portaient eux les cheveux plutôt courts ou rasés, avaient généralement des yeux clairs et mobiles, factices comme des figurines de pierres peintes avec une touche de bleu pompéien. Ils souriaient en public, jamais en privé. Ils restaient fidèles aux quartiers ouest de Paris, lieux traditionnels du *très grand pouvoir*.

Lazare et Eurydice s'installèrent au fond du café sur des banquettes de cuir rouge. Il commanda un verre de vin. Elle opta pour de l'eau pétillante. Il lui raconta ce qu'il avait vu pendant sa téléportation. Puis ils demeurèrent silencieux jusqu'à ce que Lazare propose d'aller chez lui.

« Je te rejoindrai plus tard. Je dois passer prendre des affaires chez moi, dit-elle.

— T'es sûre que ça va ?

— Oui, ça va. »

Il lui prit la main.

« Je pensais à ce que nous avons vu dans l'église…

— Je n'arrive pas à m'ôter de l'esprit que cela ressemble à des préparatifs.

— De quoi ?

— Aucune idée. Le début de quelque chose… Je ne pense pas que cela va s'arrêter là. Il y a certainement des mécanismes inférieurs invisibles que nous n'avons pas encore vus.

— Tu crois que ça a un rapport avec le Swastika ?

— Je ne sais pas. Forcément…

— Et le désir violent que tu as éprouvé pour moi dans l'église ? J'ai ressenti la même chose pour toi. Mais j'ai eu l'impression qu'on m'injectait brutalement de l'énergie sexuelle. »

Lazare but une gorgée de vin avant de répondre à Eurydice :

« Cela y ressemble. Il y a bien un moment où il faut accumuler de l'énergie. »

Ils se donnèrent rendez-vous chez Lazare plus tard dans la soirée.

Il prit Eurydice dans ses bras et attira son visage contre le sien pour y déposer un baiser. Elle se laissait faire avec un sourire amusé. Lazare n'eut pas le cran de l'embrasser franchement. Il l'embrassa sur la moitié des lèvres.

LA CULTURE

Napoléon : Monsieur de Laplace, je ne trouve pas dans votre dispositif mention de Dieu ?
Laplace : Sire, je n'ai pas eu besoin de cette hypothèse [...]. Cette hypothèse, Sire, explique en effet tout, mais ne permet de prédire rien. Comme savant, je me dois de vous apporter des travaux permettant des prédictions.

En arrivant chez lui, il trouva un petit paquet devant sa porte. Il ouvrit le carton et tira d'une enveloppe molletonnée un fin disque dur noir SSD SamsuOng, orné d'une belle croix gammée. C'était le disque dur qu'il avait commandé dans l'autocar. Il l'avait complètement oublié. Était-ce la preuve que l'objet qu'il tenait entre ses mains représentait une continuité entre le rêve et la réalité ? Il le posa sur la table de chêne sombre puis prit une douche. Épuisé, il s'assoupit quelques instants sur son lit.

À son réveil, une vingtaine de minutes plus tard, la nuit était tombée, chaude et sinistre. Par les portes-fenêtres ouvertes de son salon, on apercevait des lueurs mouvantes sur les façades des immeubles de l'autre côté de la rue.

De son minuscule balcon, Lazare observait la ville. Une jeune femme posant pour un parfum DiOr s'étalait sur les capots des voitures. Un halo jaune imposé par les autorités sur les images protégeait les yeux des passants pendant la nuit ; une sorte de filtre qui débordait du cadre de la publicité et enveloppait les passants d'une lumière chaude et moins agressive.

Il aimait contempler ces gigantesques images. On ne pouvait jamais prévoir à quel moment une publicité se formerait. Tout dépendait du trafic.

L'image changea brusquement pour laisser place à une réclame pour un opérateur téléphonique. Lazare revint s'asseoir dans le salon. Il n'avait pas la force d'examiner le disque dur, préférant attendre Eurydice pour en étudier le contenu. Elle ne tarderait guère.

Il alluma la télé. Les chaînes défilèrent. Téléréalité, enquêtes policières sur le quotidien des flics, maisons à vendre, *deep variet'*, musiques du monde, hip-hop variété, etc. Mais Lazare n'aimait que le rock.

Sur Arte, un débat portait sur l'impossibilité d'émerger pour un artiste d'aujourd'hui. Les chaînes avaient l'obligation d'afficher sur le coin gauche inférieur de l'écran l'audimat en temps réel. Quarante mille personnes regardaient ce programme. Le sort des artistes n'intéressait pas grand monde. Il passa sur la chaîne C85O, avec son animateur vedette, KirillO, qui avait modifié son prénom pour y inclure le fameux « O Swastika ». Son audimat rassemblait plusieurs millions d'auditeurs quotidiens. Mais, après sa transformation onomastique, la jeunesse l'avait surnommé « KlOk », c'est-à-dire « KirillO le Klown ». Tant que son audimat dépassait celui de ses concurrents, il ne s'en offusquait pas.

Lazare porta son choix sur une chaîne proposant une émission scientifique consacrée aux cellules-souches, qu'on appelait aussi « cellules totipotentes », et dont il avait parlé avec Eurydice dans l'église. On ne savait pas grand-chose sur ce sujet et le documentaire proposait de faire le point sur l'état actuel des connaissances. Il pensa évidemment à Eurydice et entreprit d'enregistrer le programme pour elle afin de le regarder en sa compagnie. À peine trois mille spectateurs tandis que KirillO et ses millions de fidèles dominaient l'audimat...

Il changea encore de chaîne. Un débat télévisé sur le totalitarisme. Le décor était bleu comme celui de presque tous les débats politiques. La couleur des décors des débats télévisés n'avait jamais évolué, ni le fond de teint de l'animateur toujours outrageusement fardé. Un des intervenants était un historien spécialiste du IIIe Reich. Il citait Ian Kershaw, biographe de Hitler.

Selon Kershaw, le 30 janvier 1933, jour de l'accession de Hitler au pouvoir, il s'était produit un phénomène que l'on pouvait qualifier de *synchronisation*. Après cette date, Hitler n'avait plus eu besoin de propagande ou de publicité pour convaincre le peuple allemand. Bien que le parti nazi ait semblé en déclin, avec un score de trente-trois pour cent aux élections législatives de novembre 1932, l'ensemble de la nation germanique s'était « synchronisé » avec Hitler en ce jour fatidique. L'historien continua avec l'hypothèse suivante : du moindre club de gymnastique au fin fond de la Bavière jusqu'aux plus hautes instances politiques ou philosophiques du pays, tous *regardaient* dorénavant en direction du Führer. Kershaw parlait du « zèle » comme d'un des éléments déterminants du processus. La plupart des Allemands, hypnotisés et *synchronisés* avec Hitler, changèrent en quelques semaines de comportement psychologique, politique et social pour adhérer au *Führer Prinzip*. Beaucoup plus tard, avec les aléas désastreux de la guerre, le régime hitlérien fut contraint d'augmenter les doses quotidiennes de propagande. Mais il restait extraordinaire que l'ensemble du peuple allemand ait cru jusqu'au bout aux discours mensongers de Goebbels.

Le bleu du décor contrastait avec les nombreux Swastikas sur fond rouge présents sur le plateau de la chaîne d'information. Il y en avait plus que d'habitude. Toutes les chaînes l'utilisaient à outrance. En particulier les chaînes d'information en continu.

Même les cravates des animateurs de BOOMFO affichaient un O plus grand que les autres lettres.

« La *synchronisation* d'un peuple avec une seule personne est un phénomène extraordinairement dangereux, surtout lorsqu'il surgit à l'échelle d'une nation très évoluée culturellement et dotée d'un savoir et d'une ingénierie exceptionnels comme le fut l'Allemagne des années 1930, poursuivit l'historien. Un exemple plus récent et moins totalitaire fut la manière dont une partie de la sphère marchande américaine se “synchronisa” elle aussi avec le *Président Milliardaire Schizo Blond*. Le 20 janvier 202*, un mois à peine après sa seconde élection, la mécanique du pouvoir se coordonna plus ou moins ouvertement avec son maître qui était de retour. Seul un idiot n'aurait pas saisi le basculement du "dispositif de la réclame". En Amérique, être pour ou contre ne veut rien dire. Les extrêmes contraires ne sont que la même face du système global de l'argent. Le *Président Milliardaire Blond* n'avait pas besoin de faire de la publicité. Il *générait* de la publicité comme n'importe quel tyran. Dès lors, au début de son second mandat tous les grands réseaux marchands américains, y compris ceux qui lui avaient résisté pendant le premier, devinrent ses clients serviles. Bien qu'il ait été assassiné peu de temps après, le processus de "synchronisation" était lancé. »

L'animateur du débat rétorqua que bien peu de démocrates influents ou de Milliardaires des IG-FAA l'avaient soutenu. La plupart s'étaient affichés ouvertement contre lui.

« Oui, bien sûr, mais ce ne sont que les apparences et il ne faut pas trop s'y fier. Le *Président Milliardaire Blond* a tout de même réussi lors de son premier mandat à ramener l'argent "offshore" des IG-FAA en Amérique – là où le Premier Président de la Diversité avait échoué – en leur faisant payer une taxe minime. Ils s'affichaient tous publiquement contre lui mais profitaient parfois discrètement des deals qu'il leur proposait. Par la suite, le *Président Milliardaire Peter Think* ferma les yeux sur les dispositifs fiscaux étrangers quasi illégaux des IG-FAA malgré la taxe des quinze pour cent décidée par l'OCDE, rendant chaque jour plus riches ces entités supranationales américaines. L'Amérique s'est toujours synchronisée avec l'argent et non avec les politiques. Ne l'oubliez jamais.

— Quelque chose me gêne dans ce que vous dites. On ne peut pas systématiquement invoquer Hitler et le nazisme – le fameux "point Godwin" que tout le monde connaît, n'est-ce pas ? – pour expliquer les grands monopoles et les dominations économiques. J'aurais aimé, pour mieux comprendre ce phénomène de "synchronisation" que vous évoquez, que vous puissiez me donner des exemples qui nous feraient saisir comment il opère dans notre vie quotidienne.

— Le "point Godwin" est une escroquerie intellectuelle. Sa raison d'être consiste à clore le débat dès lors que la discussion se réfère aux nazis. Comme vous le savez, il n'existe pas de témoignages détaillés et filmés des crimes de Gengis Khan. Alors, profitons au contraire des documents disponibles sur le nazisme pour essayer de mieux comprendre comment naîtront et se développeront les systèmes totalitaires à venir. »

L'historien tourna la tête vers le public et avec un sourire amusé, légèrement provocateur, lui rétorqua :

« La coupe de cheveux !

— C'est-à-dire ?

— Comment expliquer qu'un jeune hippie de la fin des années 1970 décide brusquement de se raser la tête et d'adopter la coupe de cheveux des punks d'alors ? »

Le présentateur répondit avec hésitation :

« La mode… non ?

— Très juste ! Vous voyez ? Nous pouvons remplacer “la mode” par “la synchronisation”. Le jeune hippie qui décidait de changer de style capillaire obéissait aux signaux de synchronisation envoyés par des mouvements sociaux de fond. Il regardait lui aussi “en direction du Führer” à sa manière.

— Donc les “victimes de la mode” sont des fascistes en puissance ? ironisa le présentateur.

— Je n'ai jamais dit cela, cher monsieur, j'essaie juste de vous démontrer la similitude entre les mécanismes. L'un fut la création d'un des régimes les plus malfaisants que la Terre ait connus, et l'autre fut un moment secondaire de l'histoire humaine. »

Un sociologue américain, également invité et ancien reporter de guerre, poussa plus loin la réflexion :

« Une collusion entre Hollywood, la Silicon Valley et Washington, “*Hosiwa*”, comme les médias l'ont surnommée, a émergé grâce à l'avènement des réseaux sociaux. Depuis le *Président Milliardaire Blond*, n'importe quelle personne qui réussit dans le showbiz ou dans les affaires pense être capable d'accéder au poste suprême. “Après tout, pourquoi pas moi ? se dit-il. J'ai réussi dans mon métier, des dizaines de millions de followers me suivent sur les réseaux sociaux. Je suis bien plus en contact avec la réalité que ces clowns de Washington, qui ne font rien pour le peuple.” Nous savons que certains dirigeants de l'équipe du *Milliardaire Blond Schizoïde* sont passés par Hollywood ou même par rien du tout. Parfois ce sont des aventuriers qui se sont faufilés dans le jeu politique et qui s'y sont installés comme pseudo-éminences grises pour politiciens en mal de stratégie.

« Peter Think – un des rares donateurs de la Silicon Valley pour la campagne présidentielle du *Président Milliardaire Blond* en 2016 – en est l'exemple parfait. Il vient des IG-FAA. À présent le Président Think joue avec le feu. Il est en train de redévelopper d'une manière phénoménale le dispositif de surveillance des individus que les démocrates américains n'ont même pas tenté de stopper pendant leur dernier mandat. Bien au contraire, l'administration démocrate d'alors a fortement accéléré le processus de dématérialisation – en insérant la technologie au cœur même des émotions humaines et en favorisant les univers dématérialisés que chacun connaît sous le nom des "métavers".

« Peter Think part du principe "libertarianiste" que dans un monde où les humains se contrôleront mutuellement, la liberté individuelle sera garantie par les caméras et les réseaux de surveillance. Grâce à ces nouveaux dispositifs de surveillance ubiquitaire, personne ne sera plus jamais en mesure de voler son voisin ou de prendre possession du corps d'un autre puisqu'il sera immédiatement vu et dénoncé. Au fond, la seule liberté qui restera sera celle de vivre et de consommer.

— Nous vivrons tous dans une prison, en somme ?

— Je pensais plutôt à une sorte de camp de *consommation dirigée.* »

Eurydice n'arrivait toujours pas. Lazare commençait à s'inquiéter.

« Je ne suis pas sûr de bien saisir vos propos, reprit l'animateur. Le mot "camp" est très fort. Vous pouvez aussi vous tromper...

— Me tromper ? répondit le sociologue avec un sourire las. Vous adhérez comme tout le monde au "Swastika magique", la preuve en est qu'il est visible partout sur votre plateau et même sur votre cravate, et vous me dites que vous ne comprenez pas mes propos ? »

L'animateur se défendit sèchement :

« Ce n'est pas ce que je voulais dire. Je ne saisis pas bien le rapport entre le totalitarisme, le *Président Milliardaire Blond* et la consommation forcée. La critique du consumérisme n'est pas nouvelle et existe depuis très longtemps. Et jusqu'à preuve du contraire il y a des adeptes qui ne renonceraient pour rien au monde au plaisir de consommer. »

Le sociologue réfléchit quelques secondes avant de répondre :

« Pour simplifier les choses, je dirai que n'importe quel message d'essence politique ou commerciale associé à une diffusion de masse devient par définition un message *totalitaire*. Lorsque l'ensemble des marques qui inondent quotidiennement l'espace privé par des milliards de messages à la gloire de leurs produits et accumulent des trésoreries supérieures à celles des États modernes aura été absorbé par la toute dernière marque à subsister sur terre, il n'y aura plus de démocratie : il ne restera que les déchets de notre consommation. C'est un processus entropique simple à comprendre.

Mais je souhaiterais terminer en mentionnant le problème le plus important : nous assistons actuellement au déploiement de l'intelligence artificielle sous sa forme la plus sophistiquée. Vous pouvez oublier *Terminator* et la prise du pouvoir par des machines intelligentes, c'est du folklore hollywoodien. Les Milliardaires des IG-FAA constituent un réel exemple du déploiement de l'intelligence artificielle. Tous ces nababs sont des simulacres, car ils n'ont pas d'autre pouvoir que d'acheter des maisons, des yachts et des avions. Le pouvoir réel ne se trouve pas entre leurs mains. Nous l'avons bien vu avec ceux que nous appelions les "oligarques", ces Milliardaires russes qui ont été mis à terre en quelques secondes, et leurs immenses fortunes ramenées pratiquement à zéro après le déclenchement des hostilités en Ukraine. Toutes les marques contrôlées et propulsées par ces magnats s'organisent en faisceaux grâce au réseau neuronal mis en place par l'intelligence artificielle qui vient de s'élancer vers le firmament, et sont au cœur d'un processus de domestication de l'individu. Vous avez certainement entendu parler du "M2M", *machine to machine* ? Ça ne dira peut-être pas grand-chose au grand public, mais le secteur de la finance lui, sait très bien de quoi il s'agit. La spéculation automatisée représente soixante-quinze pour cent des transactions mondiales aujourd'hui, sans parler des "fonds passifs" comme BlackrOck où les opérations sont souvent placées en pilotage automatique. Et que dire de ces sociétés qui s'attachent les services d'intelligences artificielles à leur conseil d'administration histoire d'optimiser les stratégies à venir ? Ce déploiement est pour l'instant de nature commerciale… *Mais après ?* »

L'interviewer le reprit :

« Vous disiez que les Milliardaires n'ont pas de pouvoir. Pouvez-vous me dire qui en a selon vous ? »

Le silence envahit le plateau télévisé. Le sociologue répondit au bout d'un moment, semblant peser ses mots :

« Cela ne va certainement pas vous plaire…

— Dites toujours…

— Une kalachnikOv… et quelqu'un déterminé à s'en servir.

— Avez-vous un exemple vraiment concret à me donner ? Une kalachnikOv, c'est un peu facile, lui demanda sur un ton de défi le présentateur.

— Cameron Brown. L'avez-vous déjà oubliée ? Cette jeune étudiante qui s'est fait exploser au milieu d'une keynote d'une des marques de la Silicon Valley ? Pour l'instant la violence terroriste est dirigée sur les foules anonymes, mais si les choses ne s'améliorent pas, nous verrons apparaître d'autres Cameron Brown qui cibleront de manière plus précise leurs attaques. Car malheureusement, pour citer Sénèque, "quelqu'un qui se fiche de sa propre vie a grand pouvoir sur la vie des autres". »

*

Lazare éteignit le téléviseur. Il reprit le disque dur SamsuOng et, après un moment d'hésitation, le connecta à son ordinateur. Un dossier unique contenait un petit film vidéo. Il en entreprit la lecture avec inquiétude.

Une route au milieu d'un désert de pierres ensoleillé. Le format du film semblait être un fichier de réalité virtuelle filmé à trois cent soixante degrés. Lazare chercha dans un placard un vieux casque de VR qu'il utilisait parfois pour visionner des films ou des documentaires. Il fixa l'appareil sur sa tête et reprit la lecture. La route défilait comme si la caméra se trouvait à l'intérieur d'une voiture ou plutôt comme si quelqu'un se trouvait en lévitation au-dessus de l'asphalte et avançait droit devant. Lazare tourna lentement la tête vers la droite puis dans la direction opposée pour essayer de trouver des indices. La progression cessa. Il y avait juste l'horizon et le ciel bleu autour de lui. Rien d'autre. Il se retourna une seconde fois. Eurydice était sur la route derrière lui. Elle lui souriait et son ventre était plein. Il arracha son casque et stoppa le visionnage du film. Dans son appartement désert on n'entendait que la rumeur de la ville. Il se souvint du code en morse de la FnacO. Quelques minutes suffirent à le traduire sur un site web de décryptage. Le résultat indiquait une position géographique. Longitude et latitude. Lazare chercha l'endroit exact. Les coordonnées renvoyaient à un point au sud-ouest de l'Espagne, aux environs de la ville d'Amarilla, en Andalousie. Près d'un antique pont de pierre abandonné. La route sur laquelle Eurydice se trouvait dans le film ressemblait d'une manière précise à celle affichée sur GOOgle Map.

Il commanda un taxi pour se rendre chez la jeune femme. Elle ne répondit à aucun de ses appels pendant le trajet. Arrivé devant sa porte il sonna longuement ; aucun signe de vie. Il s'assit dans le couloir sur le tapis de couleur rouge aux bordures Swastika.

Dans la pénombre de l'immeuble une autre vision se forma.

CHANT N° 5

Au commencement, il y avait le système, c'est-à-dire l'interaction morbide et mortifère des mouvements dynamiques émotionnels. À grands coups d'injections létales, le chaos se dissipa et s'organisa en une vision verticale intégrant l'art comme modèle de domination. La vérité n'était qu'une oscillation pure et invisible.

La cité d'Athènes, malgré sa clairvoyance politique et philosophique, ne sut et ne voulut pas traiter le problème de l'esclavage. Sa démocratie fut contemporaine de l'asservissement le plus abject.

Les Radios Fascistes Modernes nous ont entraînés dans leur rêve – ultra-minoritaire – du capital accumulé, mais qu'ils n'oublient pas ceci : les fascistes n'ont aucune idée du genre de KKKlimat qui les attend à l'arrivée. Pour l'instant, leur fréquence fécale charrie sur nos vies des matières des plus dangereuses. Les relais établis entre les producteurs et les diffuseurs anonymes assurent l'étanchéité homogène de leurs faisceaux. La production et l'utilisation d'un pseudo-sens créé pour induire différents niveaux de compréhension augmentent leur force. Ils rêvent d'une société collective et atomisée, dominée par un seul.

« La Covid-19 nous égalise ! La Covid-19 nous égalise ! » hurlaient les pauvres.

De toute façon s'il fallait que je vous parle de combien j'aimais ma grand-mère vous vous feriez sans doute chier. Autant décrire ce que j'ai perçu de l'époque. 1960… La France n'était pas encore totalement industrialisée, la « Nationale 7 » de Charles Trenet serpentait encore à travers la France d'après-guerre. Des collabos, au fond de chaque maison. Dans chaque village fleuri on fredonnait le « Chant des partisans » sans en connaître les paroles, on croisait des Simca blanches et des filles en costumes…

Les enfants ne savent jamais la vérité de leurs parents. Le passé imparfait et le présent infini se mélangeaient au creux des ruelles endormies de la zone libre. Derrière les murs épais les vieux somnolaient en pensant aux trahisons et aux potences de jadis et se rêvaient en anciens combattants, mais se réveillaient finalement en petits sacs d'os souffreteux et titubants, accrochés à cette vie qui n'en finissait pas de les anéantir. Personne ne change. On veut simplement changer de voiture ou de maison, ou bien de femme, ou encore les lois qui nous empêchent de profiter du néant.

EXTINCTION

Un claquement de porte ramena Lazare à la réalité. Il se leva et vit un homme âgé qui attendait devant l'ascenseur. Lazare soutint son regard. Le vieux détourna le sien et entra dans la cabine, mais elle ne bougea pas. Il revint alors sur ses pas et se posta, immobile, devant Lazare. Celui-ci, décontenancé, demanda :

« Vous habitez ici, monsieur ? Connaissez-vous votre voisine ? »

Le souffle de l'homme résonnait dans le couloir.

« Oui, bien sûr ! Elle a un prénom original...

— Eurydice...

— C'est ça... Il y a quelque temps que je ne l'ai pas vue. Elle travaille chez la locataire du troisième, je crois. »

Après une courte pause, il poursuivit :

« Il ne faut pas rester là. Si vous devez attendre cette jeune femme, vous serez certainement plus à l'aise chez moi. »

Lazare demanda au voisin d'Eurydice s'il n'était pas plutôt en train de sortir de chez lui.

« Ce n'est pas grave... Vous savez, j'ai tout mon temps. »

L'homme le fit pénétrer dans un deux-pièces – à peine le double de la chambre d'Eurydice. Il y avait des livres partout. L'odeur du papier le réconforta. Le mobilier était réduit au strict minimum. Un lit, bien fait, à côté duquel étaient posées quelques photos sur un guéridon. Il y avait aussi la copie d'un petit secrétaire Louis XVI, un siège confortable et une table avec deux chaises en bois.

Les intellectuels et les gens de goût étaient désormais exilés dans des chambres de bonne et des sous-sols humides tandis que les riches incultes se prélassaient dans un luxe inouï. La littérature était pratiquement bannie des grandes maisons d'édition à cause de ventes insuffisantes. Les mauvais romans et les livres de « non-fiction » pullulaient.

« Voulez-vous boire quelque chose ?

— Non, je vous remercie.

— Cette jeune étudiante est une amie ? »

Lazare soupira.

« Oui, je l'attends, mais je ne suis pas sûr que ce soit une très bonne idée. »

L'homme se présenta :

« Je m'appelle Jean.

— Lazare. »

Jean lui demanda pourquoi on lui avait donné un tel prénom.

« Mon père pensait que l'idée de la résurrection me protégerait de la mort.

— Ah… je vois, lui répondit Jean tout en réfléchissant à ce que Lazare venait de lui dire.

— Vous habitez ici depuis longtemps, Jean ?

— Depuis une dizaine d'années… Je vivais dans un appartement plus grand avec mon épouse, et puis elle est partie…

— Mais pourquoi ici ? Ce n'est pas très agréable…

— Mes petits-enfants avaient besoin d'argent… J'ai vendu notre appartement, divisé la somme en deux et leur ai donné de quoi s'en sortir…

— Vous n'auriez pas voulu un peu plus de confort ? Ils sont jeunes, ils peuvent se débrouiller.

— Vous avez raison, mais je n'aimais pas voir mes petits-enfants sans ressources. Leurs parents sont dans l'impossibilité de leur fournir de l'aide. Ma femme n'étant plus là, je n'avais plus besoin de grand-chose à part mes livres.

— Mais…

— Oui ?

— De quoi a-t-on besoin, dans la vie ? »

Le vieil homme ne répondit pas.

« C'était une question idiote, désolé ! Je ne sais pas pourquoi je l'ai posée…

— Au contraire. Elle exige une vraie réponse. »

Le vieil homme semblait chercher ses mots.

Lazare continua :

« J'ai l'impression qu'il n'y a malheureusement rien… Plus rien. Le monde dans lequel nous habitons est vide. Cela va vous paraître très moraliste, mais je pense vivre dans une société qui mise non sur les *meilleurs*, mais sur les *pires* d'entre nous. »

D'un geste apaisant de la main, Jean l'interrompit.

« J'aimerais vous raconter une histoire qui m'est arrivée il y a longtemps… Mon père était un exploitant agricole. Nous vivions en Alsace près de la frontière allemande, dans une région isolée. Il employait plusieurs ouvriers et possédait plusieurs fermes qui ont été malheureusement perdues depuis. Un jour que je l'accompagnais dans une tournée – il passait une grande partie de son temps sur les chemins entre les différentes fermes –, mon attention fut attirée par un vieil homme assis au soleil à attendre je ne sais quoi pendant que les ouvriers plus jeunes s'activaient. Je suis resté un bon moment à l'observer ; l'homme ne bougeait toujours pas. Il fumait tranquillement sa pipe au milieu de la cour en regardant les jeunes en train de se décarcasser. Je demandai à mon père qui était cet homme. Il me répondit que c'était un de ses vieux ouvriers. “Pourquoi ne travaille-t-il pas comme les autres ?” Mon père fit comme s'il n'avait pas entendu. Il continua à observer les ouvriers et à griffonner des notes sur son calepin jaune. Je lui posai à nouveau la question : “Mais pourquoi il ne travaille pas alors que tout le monde travaille ? Il ne sert à rien, celui-là !” Mon père se tourna vers moi et me dit sur un ton agacé : “Espèce d'idiot ! Tu ne comprends rien ? Si je renvoie cet homme, que vont-ils devenir, lui et sa famille ? Ils n'ont aucune ressource. Il est vieux et malade !" Je me tus. Ce fut une des rares fois où mon père me traita d'imbécile. »

Lazare acquiesça d'un signe de la tête et eut envie de lui poser une autre question :

« Que pensez-vous du Swastika ?

— Qu'entendez-vous par "penser" ?

— Je me demandais si vous aviez un avis sur ce phénomène. Il est partout et j'ai l'impression qu'il prend de plus en plus de place. Les gens semblent l'accepter et prospèrent avec lui, en tout cas ceux qui décident de l'utiliser.

— Ce n'est pas le Swastika qui est en cause. C'est l'être humain... Saviez-vous que *Swastika* peut se traduire par "ce qui apporte la bonne fortune, ce qui porte chance" ?

— Je l'ignorais.

— Il existe plusieurs sortes de Swastikas...

— Oui, ça, tout le monde le sait... Mais pourquoi dites-vous que c'est l'être humain le problème ?

— Nous sommes sept milliards sur la planète, précaires et porteurs de mort.

— Porteurs de mort ?

— Oui : porteurs de mort. Mais ce n'est pas une condamnation : il suffit de lire Freud, ou, si Freud ne vous inspire pas, d'étudier l'histoire des civilisations, pour comprendre que nous sommes malheureusement porteurs de mort.

— N'est-ce pas en contradiction avec l'histoire de votre père, aider les gens, les pauvres ?

— Ah, mais je n'ai jamais dit qu'il ne fallait pas aider ! Vous me posez une question, j'essaie d'y répondre. J'ai été enseignant. »

Son ton se faisait plus dur ; il se tut un instant pour reprendre son souffle.

« Professeur de langues mortes. Grec et latin. Tout vient de là… En ce qui concerne la pensée occidentale bien sûr.

— Mais quel rapport avec le Symbole ?

— J'imagine que vous avez déjà entendu parler de la biomasse – l'ensemble de l'énergie organique présente sur terre ? »

Lazare écoutait avec attention.

« Nous sommes sept milliards, bientôt dix. Dans le passé, les guerres et les maladies se chargeaient de limiter la démographie ; ce n'est plus le cas. La biomasse est en train de décroître rapidement ; les insectes, les oiseaux, les plantes, tout disparaît… Et nous avons besoin de nourrir l'humanité par une agriculture intensive. Nous n'avons malheureusement pas le choix. »

Les propos du vieil homme le mettaient mal à l'aise. Il ne comprenait pas où il voulait en venir. Il pensait à cette nouvelle tendance très populaire chez les jeunes en particulier, la « collapsologie ». Beaucoup d'adeptes des théories du complot adhéraient à la collapsologie, surtout depuis la pandémie de Covid-19 qui avait mené aux postes de pouvoir dans des pays comme l'Allemagne les écologistes « bruns ».

Cette mouvance d'extrême droite avait investi les grandes causes écologiques depuis des années et prônait au nom de la nature de ne plus soigner les vieux, de limiter les naissances par l'ajout de produits stérilisants dans les sources d'eau alimentant les villes, et bien d'autres sinistres trouvailles. Les nazis en 1935 avaient publié les trois grandes lois sur la protection de la nature, et il n'était pas étonnant que les suprématistes ou survivalistes s'y soient abondamment référés.

« Ce n'est que la première phase, voyez-vous… Il faut comprendre qu'il n'y aura bientôt plus de ressources. Nous sommes dans un processus d'extinction planétaire, nous serons affamés et seuls les plus forts survivront… comme toujours.

— Je ne comprends toujours pas le rapport avec le Symbole.

— Savez-vous ce qu'est un "sac à dos écologique" ?

— Oui, on en voit partout : ce sont ces militants écologistes qui se promènent dans les villes avec une alliance en or, et d'énormes sacs à dos qui représentent la quantité de ressources nécessaire à la fabrication d'une bague comme celles qu'ils portent à leur doigt.

— Vous savez pourquoi ils font ça ? »

Une légère arrogance pointait dans son ton.

« Bien sûr, ils nous le rabâchent sans cesse à la télé. Ils veulent faire prendre conscience à la société de chacune de nos actions de consommation. Une conversation téléphonique “pèse” deux cents grammes, un smartphone, lui, “pèse” cent quatre-vingt-trois kilos de ressources pour cent cinquante grammes dans nos mains, etc. »

Le souffle lourd, Jean le reprit :

« La destruction de nos stocks naturels et la production de déchets vont nous envahir peu à peu et seront… »

Le téléphone de Lazare résonna dans la petite pièce. Le vieil homme s'interrompit. Un numéro inconnu s'afficha, entouré de dizaines de Swastikas qui gravitaient sur le fond noir de l'écran.

Lazare fut soudain happé par une autre vision.

CHANT N° 6

Il voyait des yeux de tigre et le chiffre 697. Nihil *en latin veut dire « rien ».*
Il voyait en 202, 51,0001 % contre 49,0009 %. C'est ainsi que la démocratie bascule dans les ténèbres – avec moins de soixante personnes déterminées. Il voyait les pauvres, les armes, la littérature russe dévoyée, il voyait autre chose aussi, il voyait le talent aspiré par les tribuns et leurs joggings cool et leurs robes cool, il voyait bien que tout ce qui décline devient gros et boursouflé. Le syndrome «* Fat Elvis *» à Las Vegas.*
Il voyait l'université américaine et les élèves minoritaires apprentis fascistes bientôt éliminés par d'autres minoritaires plus fascistes qu'eux. E alla fine arriva Mamma. *Le patriarcat remplacé au pied levé par le matriarcat, lequel sera remplacé plus tard par un autre patriarcat.*
Lorsque le temps est l'ennemi de notre bien et que la prescription n'empêche plus la résurgence des chaînes de vengeance, nous n'aurons plus aucun endroit où nous réfugier.
Personne n'est dupe mais les outils de contrôle informatique entraîneront rapidement l'ensemble des victimes dans les sous-sols où un système sophistiqué les dépouillera de leurs biens, et lorsque, nus, ils passeront au nettoyage final, ils comprendront que leur vie a été manipulée du début jusqu'à la fin.

Certains hurlent qu'ils seront vengés et ce n'est pas faux, ils le seront, mais leur vengeance sera le commencement d'un nouveau cycle. Et la crise ? Quelle crise ? Nous n'en sortirons jamais, l'ami ! Il n'y a jamais eu de crise, il n'y a qu'une pyramide inversée où le bas finance le haut ! Un ruissellement inversé, mon ami... En 2015 des chiffres circulaient, onze morts à Charlie, *cent trente morts au Bataclan, Cop 21, G8, etc. Il y avait un autre chiffre : la République démocratique du Congo, un million de morts ; c'est ainsi, les chiffres mentent ou racontent des vérités insoutenables et nous sommes comme des poissons dans l'océan, remplaçables. Les chefs de meute, alpha, bêta, etc. La possession des femelles, des points d'eau, le contrôle de la carte, des territoires et surtout des routes d'approvisionnement, cela a toujours été ainsi. Mais les femmes porteraient-elles en elles la vérité physiologique ? L'annulation du désespoir ? L'homme serait-il un vrai raté ? Nietzsche s'est-il trompé ? La révélation masculine est tributaire de l'action non concertée, de l'isolement introspectif qui mène inéluctablement au dévoilement ontologique progressif.*

La question n'est plus de savoir. Ce serait plutôt de pouvoir. Des zones d'ombre translucides entourées de barbelés se déploient devant nous.

Les filtres de métamorphose de Photoshop.

Le règne animal prit fin avec l'apparition du langage articulé.

Le règne de la connaissance prend fin avec Instagram.

Les héros ne pensent pas, ils agissent. C'est bien cela qui dérange.

Et le dispositif des récompenses devint plus important que la société de la culture.
Les œuvres furent éliminées et remplacées par un lacis de récompenses à la production desquels une hiérarchie narcissique travaillait sans relâche.
La Biennale de Venise est à l'origine un projet fasciste.

« Vous m'entendez ? »

La voix du vieil homme semblait lasse.

« Ah ! Excusez-moi, j'étais ailleurs. »

Lazare ne tenait pas à partager ses hallucinations.

« C'était curieux : vous vous êtes figé.

— Cela m'arrive souvent en ce moment.

— Ça a bien duré une minute. Vous aviez l'air de ne plus être ici mais votre regard n'était pas vide... On aurait dit que vous voyiez des choses que je ne voyais pas. »

Lazare lui adressa un sourire amical.

« Oui, je vois parfois des choses... mais je préférerais ne pas les voir. Je dois m'en aller maintenant. Je vous remercie de votre hospitalité.

— Vous n'attendez pas votre amie ? »

Jean semblait déçu.

*

Lazare dévala les marches de bois patiné. Il s'assit sur un banc devant l'immeuble de l'autre côté de la rue. Tout ce qu'il avait vécu depuis quelque temps n'était qu'un mauvais rêve. Lui revint le souvenir de cette nuit étrange, lorsqu'il s'était réveillé avec cette immense douleur au cœur. Une douleur impossible.

Son regard se porta sur la couverture d'un hors-série du magazine *HistOria*, dans un kiosque à journaux. C'était un numéro d'été. La période estivale était favorable aux grands récits collectifs. Les hors-séries ressortaient chaque année les mêmes thèmes. La Seconde Guerre mondiale, l'Égypte ancienne, le trésor des Templiers, les tueurs en série, les Beatles, la sexualité, etc.

Le sujet était – encore une fois – les « médecins criminels nazis ». Lazare eut un pressentiment. Il acheta le magazine et le parcourut. Il observa attentivement les photos. Le pathologiste Friedrich Wegener, un médecin de la Solution finale impliqué dans le programme d'euthanasie T4, posait avec son fils Johan. Ce dernier ressemblait d'une manière troublante à Jean, le voisin d'Eurydice.

L'article précisait que Johan avait vécu enfant avec son père, dans un camp de concentration près de Lodz en Pologne pendant la Seconde Guerre mondiale, entouré d'esclaves juifs sur lesquels Wegener pratiquait de cruelles expériences médicales. Lazare se leva et se dirigea vers l'immeuble d'Eurydice. Tout à ses pensées, il n'avait pas remarqué les lignes de lumière qui perçaient la nuit autour de lui. Alors qu'il traversait la rue, un Range Rover noir aux vitres fumées le percuta et projeta son corps dans les airs.

Tout allait vite. Il ne voyait plus les visages des passants, la vitesse des mouvements était trop importante. Les voitures défilaient en accéléré. On aurait dit des fantômes fugaces. Se trouvait-il pris dans un ralentissement du mouvement comme la jeune fille du boulevard de Sébastopol ? Ou bien le monde avait-il accéléré sans que Lazare arrive à le suivre ? L'air était glacé. Encore une fois une brume d'azote l'enveloppait dans une sorte de *vitesse de la vitesse*. Il ne comprenait pas l'étrangeté de la phrase qui lui venait à l'esprit. Son cerveau endommagé par le choc lui envoyait sans doute des informations délirantes. Autour de lui les façades grises des immeubles se dissolvaient. Le Swastika, les infrabasses et les stries de lumière avaient pris possession de l'*endroit*. Il tourna son visage vers le ciel et se rappela la signification du prénom d'Eurydice, avant de choir sur la chaussée.

STANDARDISATION

Eurydice se réveilla en sursaut. Elle s'était endormie sans se dévêtir. Il faisait jour. Elle devina qu'il était arrivé quelque chose à Lazare. Le bruit du frigo attira immédiatement son attention : il paraissait bien plus fort qu'à l'ordinaire. Elle s'approcha de l'appareil. Mais le bourdonnement ne venait pas du réfrigérateur. Le son évoluait peu à peu, Eurydice en était certaine. C'était une modulation et la fréquence changeait de registre vers le haut du spectre sonore mais simultanément vers le bas, ce qui était curieux. Une sorte d'accélération très lente qui devenait de plus en plus forte. Elle ouvrit la fenêtre et comprit que le bruit venait de la rue. Il se propageait dans toute la ville à la manière des tests de sirènes, le premier mercredi de chaque mois à midi. Mais en bien plus puissant. Les fréquences montaient lentement vers les aigus en générant des harmoniques déphasées et les basses se transformaient en véritables rugissements.

Elle se souvint du rêve qu'elle avait fait la nuit précédente. Il se déroulait à Paris sur une terrasse surplombant la Seine. On y voyait des avions de ligne voler au ras des immeubles. Un des gros-porteurs se rapprochait dangereusement du sol en louvoyant. Eurydice l'avait vu se confondre avec la ligne d'horizon jusqu'à ce qu'il se dérobe à sa vue. Quelques instants plus tard, un bruit d'impact s'était fait entendre ; puis une colonne de fumée était apparue. Elle avait observé ensuite une dizaine d'avions de ligne, des AirbuOs A384 et des BOeing 888 flanqués de Swastikas tournoyant dans le ciel gris de Paris. Il y avait eu d'autres impacts. Elle avait tourné la tête et entendu un bruit assourdissant en direction des Champs-Élysées. Elle avait juste eu le temps de voir passer des missiles aux reflets métallisés violet et or au-dessus de la terrasse, laissant une longue traîne de fumée blanche sur leur passage. Une secousse avait semblé littéralement soulever les immeubles du sol et brisé les vitres des fenêtres. Elle avait porté les mains à son ventre et s'était aperçue qu'il s'était arrondi comme si elle attendait un enfant. Son rêve l'avait emmenée ensuite sur un chemin bordé d'un désert pierreux. L'air était sec et frais, et elle avait vu Lazare qui marchait devant elle. Il s'était retourné et l'avait regardée d'un air étonné. Le rêve s'était achevé là.

Eurydice décida elle aussi de décrypter le code de la FnacO.

C'étaient les coordonnées géographiques d'une région aride du sud de l'Espagne.

COLLABORATION

Joint-venture

En sortant de chez elle, Eurydice constata qu'une atmosphère de panique régnait dans les rues. Le son inconnu semblait reprendre des forces et s'élançait à nouveau vers les hautes fréquences dans un mouvement de balancier infini. De petits drones gris équipés de haut-parleurs nasillards diffusaient des messages expliquant que la situation était sous le contrôle des autorités. « Quelles autorités ? » En marchant sur le boulevard Beaumarchais, elle remarqua des attroupements ici et là et la présence inquiétante de Camions noirs, postés au coin de certaines rues. Un peu plus en avant, un militaire parlait dans un téléviseur des années 1970 exposé dans la vitrine d'une boutique de meubles vintage. Elle n'entendait pas ce qu'il disait. Elle avait l'impression de l'avoir déjà vu. Ce n'était pas un militaire. C'était un policier avec un nom *allemand*. Elle se souvenait de lui car, lorsqu'elle était une enfant encore, au début de l'épidémie de coronavirus, elle courait se réfugier dans les bras de sa mère sitôt qu'il apparaissait à la télévision. Ce qui la terrifiait le plus, c'était sa casquette tressée de bandes d'or deux fois plus large que son crâne. Il ressemblait à un vampire blond.

En rebroussant chemin, elle crut entendre parler de *loi martiale* et de *couvre-feu* au travers des conversations des gens. Les drones gris allaient et venaient au-dessus du boulevard et invitaient la population à rester chez elle. Eurydice décida d'acheter un billet d'avion à bas prix pour Séville avant que le couvre-feu n'entre en vigueur. De là, elle se rendrait à l'endroit indiqué par le code. Elle hésitait, mais l'espoir – si ce n'était un miracle – d'y retrouver Lazare l'y poussait.

Elle pensa à lui en disposant ses affaires dans une valise coque de couleur métal vert bonbon. De la fenêtre ouverte elle entendait les haut-parleurs des drones diffuser des appels à regarder la télévision le soir même. Le *Président Français* s'adresserait à la nation à 20 heures. Le son des haut-parleurs de mauvaise qualité qui équipaient les drones lui faisait penser aux années 1930. Eurydice se demanda pourquoi le nom du *Président* n'était pas mentionné.

*

Dans le taxi qui l'emmenait à l'aéroport, elle regardait sans vraiment y prêter attention les inserts obsédants de BOOMFO TV, sur la tablette arrière qui, à longueur de journée, affichait les informations sur fond de Swastikas. Une réflexion lumineuse provenant d'une vitrine ou d'un rétroviseur lui fit tourner la tête sur le côté. Le phénomène se répéta plusieurs fois. Elle finit par comprendre que ce n'était pas une simple gêne visuelle. Elle sortit son vieil iPhOne 19SS pour filmer les brefs traits de lumière qui lui rappelaient une séquence codée, comme celle de la FnacO. Dans sa précipitation, elle se trompa et enclencha par erreur la fonction « ralenti » de l'appareil. Elle visionna l'enregistrement vidéo. Les fulgurances lumineuses captées au deux centièmes de seconde recelaient des images subliminales : des statues de démons assyriens, une bible Osty, Basil Zaharoff le marchand d'armes, Nietzsche, le Talmud, l'étendard noir de Gengis Khan, le manuel d'utilisation d'une kalachnikOv AK-47, le programme *Apollo*, le néo-féminisme, Jim Morrison, une kalavinka ailée, des sex-toys connectés, des peintures de Francis Bacon, des magazines, des nettoyeurs de piscine robotisés, la cryptomonnaie, les robots viticulteurs, l'Art Banking, la *woke culture*, la finance comportementale, le *Manifeste du surréalisme* d'André Breton, la deuxième loi de la thermodynamique, la cuisine moléculaire, les jouets, les poupées Barbie, etc.

Eurydice ne pouvait plus suivre car le flot d'images était trop rapide, et un début de nausée s'emparait d'elle à cause des secousses de la voiture.

Elle n'apercevait qu'une très petite partie des choses. Elle se demandait si ces images dissimulées au cœur de la lumière s'y trouvaient dès l'origine. Elle se rappela ce que Lazare lui avait décrit en parlant de la ferme près de Chartres : le *bruit numérique*, les déchets, le vide, alors que dans les présentes fulgurances se logeaient au contraire des millions d'images. Elles se réfléchissaient partout dans la ville, vives et insaisissables. Alors qu'elle arrivait à la hauteur de la passerelle de Pondorly, ce vieux bâtiment désaffecté au-dessus de l'autoroute A6, une lumière plus puissante que les autres sembla provenir de la structure abandonnée et s'immobilisa longuement sur le visage d'Eurydice. Une vision ? Une annonciation ? Elle n'y opposa aucune résistance et se laissa envahir par l'onde incandescente.

UTER

Préfiguration

Elle se tenait debout à l'intérieur d'un Camion noir. Les parois du véhicule étaient couvertes d'une fine pellicule translucide qui projetait des images saturées de bruit numérique.

On y voyait le nationalisme, le tribalisme, le communautarisme, le national-tribalisme, les reîtres, les organisateurs, le racisme, les bureaux IV B 4, les orateurs, les procureurs, les juges, Vichinsky, Roland Freisler, le métavers, l'opération T4, les LGBT++ défendus partout dans les médias, mais pendus et torturés partout dans le monde, la décomposition, les hiérarchies doubles, les polycraties, les apolitiques qui crient, les bombardements de civils, les déforestations sauvages, la Legio X Esquestris, le régiment Azov, les camions Saurer de type Bt 4500.

Les ordinateurs en overclocking 8 794,33 MHz.

Punissons-la ! Pourrissons-lui la vie, à celle-là !

Casse-toi, pauvre con, si tu m'aimes encore ! Moi Président des Sans-Dents je veux prendre ma revanche ! J'aurais certainement gagné sans combattre ! Paris Match, Le Voleur de Bagdad, *de montres précieuses, Magic System, Piketty. COVFEE/ Trump. Les migrants et le prolétariat que la gauche française des années 202* a laissés tomber au bénéfice du pouvoir électoral des pratiquants du vélo collectif urbain/Lyft.*

Mais Balthus fait du Balthus ! Et GMX fait du GMX ! Que voulez-vous que je vous dise !

« Tu veux que je te fasse une prédiction ? Les pauvres resteront pauvres !

— Tu ne prends pas de risques, vieille femme, en affirmant une telle chose ! Pourrais-tu me dire comment tu te nommes ?

— Je m'appelle Sarah H. et on m'a balancée par la fenêtre. Mais #MeToo je balancerais mes mots ainsi :

Partout où les pauvres vivront comme des damnés,
Les femmes se retrouveront au tout dernier degré de l'injustice.
Elles en seront la dernière strate, car sous l'homme pauvre au centre de la misère se tient sa femme encore plus pauvre !

— Tu as certainement raison, Sarah, mais nous examinerons ton cas plus tard. Il y a plus important, et nous avons des priorités historiques à respecter !

Corrigeons Shakespeare, maintenant !

ATTRITION

Le Chœur
Oui ! Corrigeons le patriarcat blanc littéraire !
Cancel ! Cancel !

MacDO'beth
De toute façon, ô mes frères, quelle est la question ?
Devenir roi ?
Gagner plus d'argent ?
Gagner tout court ?
Mais on a bien vu ce que gagner veut dire !
Ha ha ha ! Laissez-moi rire !
Qu'est-ce qu'ils en font de leur fric ?
Ont-ils des frais ?

Le Chœur
C'est sûr !

MacDO'beth
Investir ?

Le Chœur
C'est sûr !

MacDO'beth
Avoir des villas gigantesques en bord de mer, et à la montagne et à la campagne ?

Le Chœur
C'est sûr !

MacDO'beth
Un jet ? Un yacht ?

Le Chœur
C'est sûr !

MacDO'beth
Mais non, mes amis !
Ce qui fait jouir… c'est punir l'Überprolétariat et les plus faibles !

Le Chœur
Ah ! Damnation ! Nous l'avions oublié !
Merci de nous le rappeler !

MacDO'beth
Ô mes frères,
Maintenant,
Prenez un simple crayon à papier !

Le Chœur
Oui !

MacDO'beth
Incrustez-y un petit diamant à cent mille dollars !

Le Chœur
Oui !

MacDO'beth
Le crayon devient très attirant.

Le Chœur
Oui ! C'est cela ! Sewelo, Sewelo !

MacDO'beth
Les humoristes ! Les chroniqueurs et les bêtisiers au pouvoir !
Les humoristes ! Les chroniqueurs et les bêtisiers au pouvoir !

Le Chœur
Va compter tes bonnes actions ! Va compter tes bonnes actions !
Revois ton passif !

Est-il négatif ?
As-tu commis quelques crimes ?
Somnambule je suis,
Errant chaque nuit
Dans ce Monoprix
En quête d'un produit
Qui lavera mes mains
Du sang de mes crimes

Et souvenez-vous de ceci !
Si nous sommes des criminels
Vous en êtes aussi
Pour nous avoir enfantés
Et nous avoir éduqués
Comme des porcs

Dans les Camions noirs il n'y avait rien d'autre que le vide de l'espace politique et social.

Et on y entendait des chants de guerre.

Le contrôle définitif de la société était en cours. Bien au-delà de la destruction immédiate des biens et de la reconstruction narcissique par la force des différences proposées dans la liste.

Le glissement de la psychanalyse vers les poubelles de la science devenait inéluctable.

Le moi freudien, remplacé par une superstructure électronique invasive stimulée par un flux d'échanges commerciaux permanents avec les IG-FAA et sans doute un jour surveillé policièrement, sera bientôt réalisable.

Le décalage des classes inférieures et moyennes sur le temps de la consommation et des achats de prestige se réduisait pendant que les muscles du sous-prolétariat numérisé se désintégraient chaque jour un peu plus.

L'ensemble des champs sociaux et artistiques s'uniformisait. La forme finale de l'art avant d'être définitivement liquidé fut sa privatisation.

Le marketing clamait le contraire, en présentant des révolutionnaires certifiés sur une scène contrôlée.

Mon ami,

Crois-tu vraiment
Qu'une séance de cinéma d'action te vengera
De l'humiliation quotidienne
De la vérification de ton compte
Bancaire en solde négatif ?

Et comment appelle-t-on l'opprimé qui opprime les opprimés moins puissants que lui ?

Et les minorités qui oppriment les minorités plus faibles qu'elles ?

Pouvez-vous répondre à cette question ?

Dans les Camions noirs il n'y avait rien d'autre que le vide de l'espace politique et social.

Et on y entendait des chants de guerre.

On y voyait le chaos organisé par les populistes. Ils deviendront bientôt eux-mêmes des déchets à éliminer. Ce sera notre seule consolation.

On y voyait la nouvelle droite française littéraire des années 202 confondre les deux Céline et qui, à bout de souffle, essayait d'instiller l'idée que les « nouveaux rebelles » étaient des bourgeois blonds à cheveux longs portant blazer et armoiries revendiquant leur appartenance tardive à une nation qu'ils n'avaient jamais défendue.*

De toute façon, ils se foutaient bien des calculettes des pauvres. Mais ils avaient échoué eux aussi.

On y voyait l'ultra-riche ayant perdu le goût de la culture investir dans le plaisir.

Il était souvent gros.

Pas comme les obèses qui subissaient la torture des OGM et de la nourriture de huitième classe depuis leur naissance.

Il était question de cette « graisse injuste », de ceux qui dévoraient toute leur vie des mets de qualité en vous fixant de leur méchant regard... pour vous dire ceci :

« Il faut être le plus égoïste possible. Il faut obtenir tout ce qu'il est possible de désirer, en très grande quantité, jusqu'à en être rassasié. Ensuite, lorsqu'on a eu tout ce que l'on souhaite aussi longtemps qu'on le veut, on peut enfin commencer à devenir généreux avec les autres. »

Dans les Camions noirs il n'y avait rien d'autre que le vide de l'espace politique et social.

Et on y entendait des chants de guerre.

Eurydice y voyait le vieux capitalisme de casino se retirer progressivement sous les coups menaçants du micro management informatisé et de la Networklatura bio/remplaçante.

Mais parlons franchement : les vieux étaient le problème, il y en avait trop à présent, c'était une question de retour sur intérêts, de pourcentage, de cryptomonnaies et de fonds de pension dévorants.

Certains jeunes le savaient et se préparaient à les éliminer pour survivre. Voilà ce qu'ils pensaient :

Tout se ressemble, donc tout s'effondrera en même temps !

Ce sera notre unique chance.

Vous nous surveillez ? Sachez que nous vous surveillons aussi !

Au-delà du foutre nous nous trouvons désormais ! Nous n'avons plus rien à perdre !

Si vous pensez que notre meilleur est le pire, nous considérons que le débat est fini.

Les anciennes Lumières sont éteintes. Nous sommes les Lumières II.

*

Le VTC la déposa à l'aéroport Charles-de-Gaulle. Les derniers feux du soleil déclinant laissèrent place à la nuit âpre et brutale. Une file de Camions noirs s'arrêta derrière elle. Elle se précipita dans le hall.

Les reflets des lumières artificielles de l'immense bâtiment ne dissimulaient rien en leur sein. Ils étaient vides. Quelques instants plus tard, des militaires en uniforme noir munis de boucliers Targa-Light anti-émeute bouclèrent tous les accès à l'aéroport. Il n'y avait pas grand monde dans l'aérogare, sans doute à cause de l'heure tardive. Eurydice fut l'ultime voyageuse à franchir les contrôles. Elle n'entendait aucun bruit. Elle se retourna pour constater qu'elle était seule. Elle se dirigea vers la porte d'embarquement, longeant les couloirs vides aux épaisses moquettes grises usées. Elle remarqua la présence de petits jouets disposés sur le sol à la croisée des coursives. C'étaient en réalité des minirobots armés de pistolets téléguidés qui interdisaient l'accès aux couloirs immédiatement après le passage d'Eurydice. Elle ne put s'empêcher de trouver mignonnes ces petites armes de guerre ornées de Swastikas rutilants. Elle aperçut enfin la porte d'embarquement 25A. On n'attendait plus qu'elle pour fermer le comptoir. Des bruits d'insectes attirèrent son attention juste avant qu'elle n'aperçoive deux micro-drones de surveillance optique qui, chacun le savait, contrôlaient la rétine des passagers avant l'embarquement.

Dans l'avion, bien installée sur son siège gris à reposetête rouge et or elle observait le tarmac et les avions ornés de Swastikas de diverses tailles. Après un long moment d'attente, l'AirbuOs 323 se détacha de son point de stationnement et commença à rouler vers la piste de décollage. Eurydice craignait une interdiction de décollage au tout dernier moment. Pendant la phase d'ascension le pilote effectua un long virage vers le sud, dévoilant Paris et son inextricable périphérie. Au milieu de la métropole, le gyrophare éblouissant de la tour EiffelO lui rappelait les feux des miradors d'un camp de détention qui balayaient l'obscurité et l'infini.

THE VINTAGE REPUBLICA

On peut sourire et sourire et pourtant être un scélérat.
— William Shakespeare

Dans la cabine au décor Vintage Replica de l'avion qui l'emmenait à Séville, entre les nuages et l'azur, Eurydice observait les passagers, vieux et jeunes : tous portaient des chemises et des casquettes de marque. Les jeunes bimbos selfiées, les milfs et les pseudo-body builders sirotaient tranquillement leurs boissons rouges Pré-COca-COla. Comme en un songe sexuel, la réalité les entraînait dans son sillage anxiolytique. La climatisation ne fonctionnant pas très bien, des gens impatients, des people cheap, des stars mineures se plaignaient de la chaleur et de l'étroitesse des sièges. Mais n'était-ce pas la chaleur qui manquait d'habitude ? Pour l'étroitesse des sièges, on verrait plus tard... Les *windows seats* étaient une bonne raison de se battre, n'est-ce pas ? C'était le courant conformiste idéologique dominant...

Peut-être que non... Je dois me tromper : des bonnes raisons de se battre, il y en avait bien d'autres. Il suffisait de lire le journal chaque matin.

« *There is no alternative, Tina !*

— Heil Selfie ! Face à moi, Mozart et Miles dans l'antre du cool.

— Leur musique durera mille ans ! Il faut tuer le “Back Catalog” ! »

La *Business Class* et la *First* étaient complètes, ce jour-là. La nourriture était bonne. KKO, Ronflex, Oculus Rift et Justin V.* discutaient, un verre de vin à la main. Leurs places étaient les 1A, 1B, 1C et 1D.

« Donnez-nous encore du champagne ! Les dons sont déductibles fiscalement ! demandaient WB*, MXO* et MNO*.

— Nous devons aider les pauvres qui se trouvent à l'arrière, ils ne peuvent pas respirer ! dit une voix anonyme.

— Donnez-nous plutôt du champagne ! Les dons sont *déductibles fiscalement* !

— Oui, mais si nous donnons trop d'air à l'arrière, l'avant se plaindra, et nous perdrons notre travail ! répondirent les jolies hôtesses berlusconiennes, tout en versant un délicieux champagne rosé Krug dans de fines coupes en cristal ornées de Swastikas translucides.

— Est-ce tout ce que la technologie moderne peut offrir ? » se plaignait, en 1F, la *R-CEO* de sa voix nasillarde, allongée, calme, sur sa banquette en cuir, cuisses légèrement ouvertes et sourire robotisé.

Elle contemplait ses ongles swastikés sans prendre la peine de regarder à qui elle s'adressait.

« Réduisons le flux d'air à partir de 15A. Nous disposons un écran transparent d'invisibilité pour séparer les différentes classes. Cela me semble juste. Ils ne se *douteront* de rien, suggéra une hôtesse.

— Voilà ! rétorqua KKO. Après tout, ils payent moins que nous pour leur voyage. Nous méritons d'être mieux traités qu'eux !

— Comment osez-vous faire cela à des enfants et des personnes âgées ? s'insurgea une très riche vieille dame catholique, en 12B.

— Ce n'est pas moi qui décide, madame, lui répondit l'hôtesse, je suis le règlement de la compagnie.

— Vous *êtes* le règlement ? Ou bien vous *suivez* le règlement ?

— Les deux à la fois, chère madame. »

Un richissime homme d'affaires, triste, gros et chauve, lisait son journal sportif.

« Usain Bolt ! Quel artiste ! » s'écria-t-il.

Périclès, Jean-Michel Basquiat, Francis Bacon et Andy Warhol, assis au cinquième rang, s'exclamèrent en chœur :

« Lui, un artiste ? Quelle plaisanterie !

— *Cent trente exécutions dans Paris* ! Voilà une œuvre d'art qui produit du sens ! s'exclama Jihadi John, assis sur le siège B27.

— Oh ! s'indignèrent les rangs 15 à 26.

— Recouvrons les statues de la *vergogna*, continua Jihadi John.

— Pas d'amalgame ! Pas d'amalgame ! murmurèrent les *modérés français*, au sein du tumulte.

— Du sang ! Du sang ! Revanche ! Revanche ! Les colonies ! Les colonies ! L'esclavage ! L'esclavage ! répondirent en chœur D27, E27, F27 et G27.

— Mais vous n'en avez pas assez ? dit John Locke. Si vous voulez vous entre-tuer, faites-le ailleurs !

— On est chez nous ! hurla B27.

— Nous aussi, on est chez nous ! répondit le chœur 15A-26F.

— Il faudra nous tuer pour nous faire partir !

— La Covid-19 nous égalise ! La Covid-19 nous égalise !

— Ouvrez l'*open society* ! À bas le Skull Club !

— Des vélos ! Des vélos partout dans les villes ! Et des bistros, et des trottinettes et des pistes cyclables ! Et que l'on coupe la tête à ceux qui franchiront la ligne blanche ! Pas de pitié ! »

Petit à petit, l'air se raréfiant, les clameurs diminuèrent.

« Vous voulez la révolution ? grondèrent les trois sorcières shakespeariennes de l'avant-dernier rang. Vous allez bientôt l'avoir ! Vous n'avez aucune idée du temps qui se prépare. »

Elles psalmodiaient de leurs hautes voix éraillées un refrain menaçant : « *L'orage n'est pas dans l'air, il est en nous.* »

« Savez-vous ce qu'est un BMS ? » crièrent encore les trois sorcières.

Karl Marx et Sigmund Freud, placés au tout dernier rang :

« Oui ! Oui ! Nous le savons !

— Vas-y, Karl ! Je t'en prie, explique-leur…

— C'est un bulletin météo spécial. Lorsqu'une tempête approche, ce bulletin est émis par les services météorologiques. Quand les vents atteignent une force supérieure à sept sur l'échelle de Beaufort, il y a danger pour la navigation. »

Les voix s'éteignirent. Même Jihadi John et Justin V.* s'endormirent, le premier épuisé par le manque d'air, le second, par l'alcool et sa propre bêtise.

Le calme revint.

« La prochaine *rave party* AdidasO aura lieu dans un champ de pavots artificiel, rue Oberkampf, juste à côté du Bataclan, se réjouit Edward Bernays, assis confortablement en D8.

— Ils ont à peine dix-huit ans et ils sont déjà nostalgiques de leur enfance.

— C'est vraiment une curieuse période ; nous possédons tout, des avions, de l'essence et des armes, mais nous n'avançons pas d'un mètre.

— Avancer ?… Pour aller où ? commenta BDK*, assis un rang derrière, en 9D.

— Et… où se trouve *où* ? »

Après un silence, le journaliste du *New York Times* continua sur un ton las :

« Ne nous serions-nous pas à nouveau synchronisés avec quelque force *maléfique* ?

— Je ne le pense pas, lui répondit Leo Burnett, installé en D7. Nous voulons tous nous amuser, faire la fête. Nous utilisons les *véhicules* de notre époque. Une sorte de nouvel espace-temps climatisé se prépare dans l'ombre, soyez-en certain. Et que peut-on y faire ? De toute façon, nous sommes encore pour l'instant dans une demi-démocratie, et notre pouvoir s'arrête à leur porte. Il va falloir attendre un peu avant de leur vendre la suite. »

Le publicitaire soupira longuement puis continua :

« … Lorsque tout le monde mangera des produits biologiques et roulera à vélo électrique, nous leur suggérerons de faire le contraire. Peut-être pour créer une nouvelle perspective de profit… Simple, non ?

— C'est une bonne idée, Leo, répondit Edward Bernays. Mais pensez-vous vraiment que les gens seront aussi dociles ? Vous n'êtes pas naïf et le savez bien ; vous connaissez la séquence. Derrière les réseaux, *de quelque nature qu'ils soient*, se tient fermement la corruption. Et derrière la corruption s'organisent des contre-réseaux. Et en dernier lieu le fascisme, et c'est ainsi qu'un *nouvel ordre* apparaît. »

Leo Burnett posa son verre de Martini Bianco sur une tablette blanche à croix gammée avant de continuer calmement :

« Cher Edward, vous souvenez-vous de la période qui suivit l'épidémie de Covid-19 ? Les gens étaient tellement déprimés en sortant de ce grand confinement qu'ils se sont ruées sur l'idée de *changement* ! C'est l'anxiété qui gouverne le monde, et non pas la raison ! Écoutez ! Nous leur vendons en ce moment l'antiracisme et le néo féminisme. Cela génère beaucoup de flux internet et de recettes monétisées. Bien sûr il arrivera un temps, lorsque les gens verront que rien ne change au fond – ainsi en va-t-il de la nature humaine ! – de leur proposer autre chose. Je pense déjà à "White Lives Matter" ou bien à "#Mentoo". Ou peut-être… mais ce n'est qu'une idée encore… à une *destruction créatrice ?* Quelque chose à fort potentiel de gains ? Comme de nouvelles guerres ? Internes et externes bien sûr… C'est une époque vraiment très intéressante… »

BDK* ne répondait pas, songeur. Leo Burnett acheva sa phrase :

« Laissons les programmes de divertissement, les infrabasses, les *news* en boucle, la musique, les jeux et les casques audio poussés au maximum diminuer leur résistance. Ce temps viendra bientôt.

— Vous avez certainement raison, mon cher Leo, et pourtant… »

BDK* réfléchit, puis poursuivit, sans se douter que l'aéronef qui le transportait plongeait dans une immense tempête :

« … Pourtant, voyez-vous… j'ai la très désagréable impression que nous avons une fois de plus manqué quelque chose d'absolument *essentiel* ! »

AU-DELÀ DE LA DESTRUCTION

Extraits du journal de L, juin 20XX*

C'était une mission à bord d'un avion furtif. Nous nous réveillâmes très tôt. La nuit avait été courte. Je me souviens de l'ultime réunion et des ordres confidentiels de mission dans le carré des officiers. Nous nous rendîmes ensuite à l'endroit où les avions étaient stationnés, prêts à décoller. Les mécaniciens avaient fait leur travail, les missiles air-sol étaient logés dans leurs alcôves, impatients de bondir au-dehors comme des fauves affamés. Les relents d'essence et le bruit assourdissant des turbines nous indiquaient l'imminence du départ.

Les uns après les autres, deux par deux, nous prenions notre envol. Je me sentais un peu nerveux, comme si un événement particulier était sur le point de se produire. Peut-être était-ce parce que certaines cibles semblaient se trouver dans des zones habitées par des civils. Le vol se déroula calmement, et nous arrivâmes finalement aux abords de l'objectif. Il faut savoir une chose : les bombardiers furtifs ne s'approchent jamais très près de leur objectif. Leurs missiles sont libérés parfois des dizaines de kilomètres avant tout contact visuel. Une fois la cible identifiée et détruite, ils rentrent immédiatement à la base.

Le lendemain, la presse du monde entier dénonça une terrible bavure militaire. Nous avions bombardé – par erreur ?

– un abri souterrain où se cachaient mille cinq cents civils, dont au moins neuf cents enfants. Morts. Tous. Je ne fus pas affecté par ce que je lisais : je ne me sentais pas concerné. Je faisais ce métier pour détruire des objectifs. J'avais accompli ma mission avec succès et je n'avais pas à tenir compte du reste.

Quelques jours plus tard, je lisais un journal avec une tête de mort en couverture. On y voyait au premier plan la photo d'un vieil homme. Derrière lui on apercevait une sorte de hall large, vide et calciné. Au-dessus de sa tête, dans ce qui paraissait être un plafond, on distinguait un trou parfaitement circulaire d'une dizaine de mètres de circonférence qui laissait passer la lumière du jour. C'était l'*endroit*. J'imaginais le missile à guidage inertiel pénétrant les différentes couches de protection et faisant irruption dans l'abri comme un diable grimaçant pour détruire toutes ces vies. Cette image me troublait sexuellement – je l'affirme. L'orifice créé par la bombe était parfait. Je pensais aux gens qui se trouvaient là et à leurs derniers instants dans l'obscurité de l'abri, et puis soudain, cette violente illumination... Une immense émotion s'emparait de moi. J'entendais aussi un chant qui montait vers les cieux. Mais je ne m'en souviens plus, à présent. Sans doute reviendra-t-il un jour à ma mémoire ?

DESCENTE

Les vents d'altitude nous empêchaient de respirer. De par les mouvements désordonnés de notre corps nous devinions que nous étions en train de chuter dans l'obscurité. Le sifflement de l'air sur nos oreilles nous indiquait que nous étions encore en vie. Pour un très court instant sans doute. Instinctivement nos bras se placèrent en forme de croix, adoptant une position de ralentissement illusoire. Et soudain, le bruit des vents d'altitude diminua et nous reprîmes souffle. Peu importait le temps qu'il nous restait, mais il nous semblait essentiel de respirer un peu d'air une ultime fois.

Les ténèbres se dissipèrent pour laisser place à une matière blanche, neutre et mate, transitionnelle. Autour, nous discernions peu à peu des objets aux reflets métalliques, comme des débris de carlingue, ou des feux d'avion en aluminium anodisé, tournoyant dans les nuages, disparaissant et réapparaissant sous nos yeux.

Lorsque la couche nuageuse se dissipa, nous distinguâmes confusément des formes en contrebas, mais nous pensions rêver une fois encore.

Car très loin en dessous, on apercevait les contours d'une botte qui remontait jusqu'à la cuisse pour s'évaser amplement. Tombaient de haut avec nous – ou peut-être même déchantaient-ils ? – des fragments de carène couleur argent, des rangées de sièges, des valises violettes et vertes ouvertes, déversant leur contenu dans le vide et laissant des traces identiques à celles d'un vol d'oiseaux de passage. Des montres et des sacs coûteux se mélangeaient avec les habits synthétiques multicolores des gens modestes. Ces pauvres vêtements recouvraient les objets de luxe et finissaient par plonger vers le bas, sachant que l'objet le plus lourd se fracasserait et que le plus léger serait épargné.

Tout ce qui est puissant est léger et fluide.

Les libertés neutralisées et les tentatives poétiques de désincarcération, tout cela tombait vertigineusement vers la terre de notre enfance, celle qui nous avait été prise par les réseaux organisés et les hyper castes. Devant nos yeux, soudain apparut un livre ouvert sur une page qui, malgré le vent et les turbulences, ne voulait pas se refermer. Nous pouvions y lire cette phrase : « *Vous avez échoué car vous n'avez pas commencé par le rêve.* »

INTER DIVOS RELATUS EST

Je me suis réveillé un matin dans le spa d'un hôtel au sud de la Sardaigne.

Je ne sais pas pour quelle raison je me trouve ici. Je me souviens d'une nuit d'été étouffante. Et d'un rêve curieux avec des Swastikas dans Paris. Et puis d'une voiture sombre qui m'a percuté. Et aussi d'une horrible musique AutOtunée à chaque coin de rue. Je me promène, seul, dans cet endroit aux murs bleus et rassurants. Ici chaque élément est conçu pour le bien-être. À l'inverse du monde dans lequel nous vivons.

Mais le spa est *payant*. J'entends une douce musique planante qui m'accompagne dans ma remise en forme. Je crois percevoir, provenant d'une autre pièce, une voix de petite fille. Je me rappelle les paroles de cette chanson mais je ne pourrais pas dire que j'en sois certain :

Les méduses et les requins,
Les vautours et les félins,
Les maquereaux et les putains,
Ils mangent, mangent, mangent !
Mangent, mangent, mangent !
Les queues des politiciens !

Les vulgaires et les crétins,
Les racailles et les vilains,
Les ordures et les chienchiens,
Ils chantent, chantent, chantent !
Chantent, chantent, chantent !
Ils chantent des chants inhumains.

En m'immergeant lentement dans l'immense jacuzzi, je sens que la douleur est partie. Trente-sept degrés sont suffisants. Au-delà, le corps brûlerait. C'est une sensation agréable de voir enfin le monde tel qu'il *est*. À température idéale.

Les seules réminiscences de mon ancienne vie sont mes yeux qui picotent et pleurent parfois comme ceux de mon père qui les tapotait en permanence avec un mouchoir en papier pour sécher le liquide amer qui lui brouillait la vue.

Ce n'est qu'aujourd'hui que je comprends que ce liquide était aussi ses larmes.

Les zombies et les vampires, personnages fictifs omniprésents dans notre décorum quotidien, semblent n'être qu'une catachrèse du « nouveau monde ». Leur apparence ne renvoie à rien d'autre que des images *mortes* mais commercialement *vivantes*.

Et nous autres, *vivants et sans image*, sommes devenus des produits voués à être transformés en déchets.

Les nouveaux hommes et femmes à succès tendent fermement leurs bras droits vers le ciel en assistant, impassibles, au spectacle de notre annihilation sociale et mentale.

Mais il se peut bien que leur *Kampf* les ait exténués malgré leur petite gymnastique quotidienne. Leurs efforts persistants pour nous transformer en junkies et en putes dociles ne serviront à rien. Ils seront défaits. Leurs musées érigés à leur propre gloire et leurs stratagèmes financiers seront leurs tombeaux. Entourés de leurs biens et esclaves, pharaons ignares, ils demeureront pétrifiés dans une brume de nitrogène glacé.

Avant de finir ce récit, il me semble important d'inclure un nouveau prédateur dans cette jungle primitive. Cachés dans les feuillages, les chirurgiens esthétiques seront désormais placés au sommet du dispositif de châtiment. Ils tendront leurs scalpels vers ces gens d'injustice et murmureront à leur oreille d'un souffle épais :

« La nature vous a donné un visage et vous vous en fabriquez un autre ? Nous allons vous débarrasser de votre masque, ainsi votre véritable essence se révélera dans la juste lumière ! »

À la faveur de cette *vision directe*, nous autres imbéciles sècherons nous aussi nos larmes. Nous retrouverons notre confiance et nous les combattrons.

MIXTE
Papier
FSC FSC® C003309

L'éditeur de cet ouvrage s'engage dans une démarche de certification FSC® qui contribue à la préservation des forêts pour les générations futures.

Pour en savoir plus :
www.editis.com/engagement-rse/

Achevé d'imprimer en août 2022
par Normandie Roto Impression s.a.s.
61250 Lonrai
Dépôt légal : août 2022
Nº d'édition : 64317/01 – Nº d'impression : 2202763
Imprimé en France